OETINGER TASCHENBUCH

Dagmar H. Mueller lernte mit knapp vier Jahren schwimmen und verbrachte einen Teil ihrer Schulzeit im Internat. Sie studierte Germanistik und Sportwissenschaften in Hamburg und fuhr jahrelang zum Surfen an den Atlantik. Heute lebt sie sehr glücklich mit ihrer Familie auf der größten Insel Europas und schreibt dort inmitten von Wiesen und Wasser Bücher für Kinder und Jugendliche, von denen bereits viele in andere Sprachen übersetzt wurden.

Dagmar H. Mueller

Das Meermädchen Internat

Willkommen auf Korallenkrone!

Oetinger Taschenbuch

MIX
Papier aus verantwortungsvollen Quellen
FSC® C014496

Das für dieses Buch verwendete FSC®-zertifizierte
Papier Danube liefert Salzer Papier, St. Pölten, Austria.
Der FSC® ist eine nicht staatliche, gemeinnützige Organisation,
die sich für eine ökologische und sozialverantwortliche
Nutzung unserer Wälder einsetzt.

1. Auflage 2016
Oetinger Taschenbuch GmbH, Hamburg
Juni 2016

Umschlag- und Innenillustrationen: Franziska Harvey
Druck: GGP Media GmbH, Pößneck
ISBN 978-3-8415-0430-2

www.oetinger-taschenbuch.de

inhalt

ein dunkler mann

„In den uralten Zeiten, als die Meermenschen und die Landmenschen noch friedlich miteinander lebten und es keine Teilung der Welten gab, lebte ein alter, weiser Meermann in den weitesten Weiten der Weite, der …“

Ich mag es, wenn Mam meiner kleinen Schwester Sassi Märchen vorliest. Ihre Stimme ist dabei so melodisch. Ruhig und warm. So warm, dass man selbst ganz warm und weich innen drin wird.

Ich kuschele mich dann an die andere Seite ihres Körpers, zupfe ein Stückchen von Sassis rot gefärbter Algenbettdecke zu mir rüber und tue so, als wäre ich auch noch ganz klein.

Und Mam zuckt nicht mal mit ihren langen Wimpern, sondern drückt mich ganz selbstverständlich an sich, klappt das Buch ein Stück weiter auf – sodass auch ich die Bilder sehen kann und nicht nur Sassi – und fragt kein einziges Mal, ob mir die Geschichte nicht zu langweilig ist oder ob es mir nicht zu albern ist, mit elf Jahren (beinahe zwölf!) noch

abends im Bett zu liegen und Märchen vorgelesen zu bekommen.

Das ist manchmal echt schön. Weil einem alles in diesen Momenten plötzlich so einfach erscheint. Einfach, verständlich und richtig. Eben genau so, wie einem das Leben und die Meerwelt vorgekommen ist, als man noch klein war.

Die Märchen gehen fast alle gut aus. Und danach kann man wunderbar einschlafen. Und träumt garantiert nicht von multimatschigen Monsterkraken, die einen mit ihren tausend Armen packen und in die Tiefe zerren (So einen fiesfischigen Traum hatte ich schon mal!), sondern von weiten Ritten durch sanfte Küstenwellen auf Delfinen oder Walen.

Nur Sassi stört dabei ein bisschen. Denn sie tut überhaupt nicht so, als wäre ich auch noch klein, nee, die kurze Nixe kräht die ganze Zeit nur rum.

„Maaam, Lani hat viel mehr Decke als ich!“ Oder: „Maaam, Lani hat mich gerade in meine Schwanzflosse gezwickt!“

Was überhaupt nicht stimmt, denn wie soll ich sie wohl unter der Decke mit meiner Schwanzflosse zwicken?

Na gut, was doch ein klitzekleines bisschen stimmt, weil ihre wippende Mini-Flosse im Weg war, als ich versucht habe, etwas von der Decke abzukriegen.

Seufzendes Seegras! Ich finde, kleine Schwestern sind manchmal reichlich wehleidig!

Mams Lippen zucken in solchen Momenten, was man eventuell als winziges Lächeln einstufen könnte, aber einmischen tut sie sich so gut wie nie. Das finde ich gut. Weil sich in anderen Familien die Eltern ja gern auf die Seite der Jüngeren stellen. Und wie ungerecht ist das wohl? Kann ich was dafür, dass ich sechs Jahre vor Sassi auf die Welt gekommen bin?

„Erzähl mal davon, wie es war, als ich geboren wurde!", bitte ich Mam oft. Denn zu hören, wie es war, als man noch ein kleines seemuschelgroßes Baby war, ist noch schöner, als Märchen vorgelesen zu bekommen. Und Mam kann toll erzählen!

„Ach, das war vor soooooo langer Zeit", sagt sie meistens lächelnd. Aber dann erzählt sie doch davon, wie ich schon mit zwölf Monaten blubbernd durchs Wohnzimmer geschwommen bin. Und wie Pap alle Fenster schließen musste, weil ich sonst einfach hinaus in die weite Meereswelt geschwommen und vermutlich auf ewig verloren gegangen wäre. Denn wie soll ein kleines Meerkind, das noch nicht mal sprechen kann, alleine wieder nach Hause zurückfinden?

Sassi findet es blöd, wenn Mam davon erzählt.

Sassi war als kleines Baby nämlich eine echte Angstkrabbe. Ganz anders als ich.

Na schön, Mam sagt natürlich nicht, dass Sassi ängstlich war. Mam nennt das muschelig-kuschelig.

„Und war ich denn nicht muschelig?“, frage ich dann empört.

„Aber natürlich warst du das!“, bestätigt Mam sofort. „Du warst süß und muschelig wie ein weicher Seesandteppich.“ Doch dann macht sie eine Pause und lacht mir ins Gesicht. „Jedenfalls wenn du Zeit dazu hattest!“

Ich war nämlich anscheinend ein ziemlich mutiges und abenteuerliches Kind. Und ständig beschäftigt, Neues zu erforschen.

Tja, man kann wohl sagen, dass ich das heute immer noch bin, hihi.

Während Mam uns gerade das Ende der Geschichte vom alten Meermann erzählt, klopft plötzlich jemand an unsere Tür. Mitten an der spannendsten Stelle.

Ich wuschele mich trotzdem sofort aus Sassis Bett raus und bin mit einem einzigen kräftigen Flossenschlag am Fenster. Neugierig luge ich hinaus. Wenn bei uns um diese Uhrzeit noch jemand klopft, dann muss schon etwas Besonderes passiert sein.

Wir wohnen in den allerweitesten Weiten der Weite. Dort, wo die Dörfer immer kleiner und kleiner und die Meermenschen immer weniger und weniger werden. Solche abgelegenen Gegenden wie die, in der wir wohnen, sind allerdings ideal, um Delfinschulen aufzubauen. Und das ist genau das, womit mein Pap sein Geld verdient. Wie soll man das auch in einer großen Stadt tun? Delfine brauchen viel Raum, um sich genügend ausschwimmen zu können. Sonst werden sie krank.

Zu uns kommen Leute, die entweder einen Delfin kaufen wollen oder in Urlaubskursen lernen, wie man Delfine reitet. Nebenbei erholen sie sich in der wunderschön ruhigen Gegend.

Dabei ist es bei uns eigentlich nicht allzu ruhig. Dafür sorgen mein bester Freund Petin und ich!

Jetzt aber unterbricht das Klopfen unsere abendlich muschelige Ruhe.

Es ist ein lautes, fast forderndes Klopfen. Es klingt nicht nach einem Nachbarn, der sich noch etwas Seerosentee ausleihen möchte.

Ich drücke meine Nase ans Fenster. Leider kann ich nur einen dunklen Umhang sehen, nicht aber den Meermenschen, zu dem er gehört.

Es klopft ein drittes Mal. Ich drehe mich zu Mam um. Warum öffnet sie denn nicht?

Mam schiebt Sassi sanft von ihrem Schoß runter und erhebt sich endlich. Ihre Stirn ist gerunzelt. Ganz offensichtlich ist sie genauso erstaunt wie ich.

In ihrer bedächtigen Art schwimmt sie mit kurzen Schwanzschlägen zur Tür. „Guten Abend?“

Blöderweise kann ich immer noch nicht gut sehen, Mams breiter Körper ist mir im Weg. Aber ich kann hören.

„Guten Abend“, grüßt eine dunkle Stimme zurück, „bin ich hier richtig bei Rosso Baltico?“

Mam nickt.

„Könnte ich ihn bitte sprechen?“, fährt die Stimme fort. „Bitte entschuldigen Sie, dass ich Sie um diese Uhrzeit belästige, ich muss im Irmingerstrom einen falschen Ausstieg genommen haben und habe mich wohl dann – äh – etwas in den Wäldern hier draußen verirrt.“

Mams Gesicht wird weicher und der Ansatz ihres vertrauten Lächelns erscheint. Bei uns in der Gegend verirren sich ständig Leute.

„Geht es um etwas Geschäftliches?“, fragt Mam trotzdem vorsichtig.

Sie mag es nicht, wenn Pap zu jeder Tages- und Nachtzeit von den Touristen in Anspruch genommen wird. Doch dieser Mann wirkt überhaupt nicht wie ein Tourist. Ich paddele ganz unverfänglich ein wenig in der Eingangshalle herum, um endlich an Mam vorbei genauer sehen zu können, wer da vor unserer Tür steht.

Als ich dem Fremden kurz ins Gesicht sehe, guckt der fast noch neugieriger zurück. Direkt frech, finde ich. Was denkt der sich denn dabei, mich so anzuglotzen?

Dem Typen scheint das aber kein bisschen peinlich zu sein. Er benimmt sich, als hätte er ein Recht dazu. Dabei hat Mam uns immer wieder eingeschärft, wie respektlos es ist, Meermenschen anzustarren, als wären sie ein bewegliches Bild auf einem Muschelmonitor. Deswegen mustere ich ihn ja auch nur ganz unauffällig. Nur so, dass er das kaum bemerkt.

Na schön, weil er mich noch frecher anstarrt als ich ihn, bemerkt er es natürlich doch.

Mam leider ebenfalls. Sie wirft mir einen eindeutigen Blick zu.

Ich drehe mich um, fummele schnell geschäftig an meiner Schwanzflosse herum und tue so, als ob sich ein Stück Seegras in meinen Schuppen verfangen hätte.

Der Mann glotzt immer weiter. Als wolle er keinen Delfin, sondern womöglich mich kaufen. Stinkendes Seegras! Also das finde ich nun aber wirklich frech!

Er ist groß, sehr dünn und ungewöhnlich blass. So blass, wie manche der Stadtmeermenschen sind, die bei uns Urlaub machen. Und er ist ernst. Zu ernst jedenfalls für jemanden, der sich auf eine Woche Ferien oder auf den Kauf eines Delfins freut. Finde ich.

Der Mann reißt seinen Blick endlich von mir los und erinnert sich, dass Mam ihm eine Frage gestellt hat.

„Ähm …“ Er schlägt seinen Umhang etwas enger um sich und räuspert sich. „Also eigentlich …“ Sein Mund bekommt einen entschlossenen Ausdruck. „Also, ähm, also, was ich möchte, das würde ich eigentlich gerne selbst mit Ihrem Mann besprechen, wenn Sie nichts dagegen haben. Rosso Baltico ist doch Ihr Mann?“

Ich sehe, dass sich nun auch ein wenig Ablehnung in Mams Blick mischt. Trotzdem bleibt sie natürlich höflich. Sie nickt zögerlich. „Ja. Warten Sie bitte!“

Doch Mam behält den Türgriff in der Hand und bleibt in der Höhlenöffnung stehen. Sie reckt lediglich ihren Kopf zu den Ställen rüber, wo Pap gerade unsere Delfine füttert.

„Rosso?", ruft sie – vielleicht ein wenig zu laut. „Rosso, kommst du mal eben?"

ich liebe unsere delfine!

Mit ihrer Schwanzflosse schlägt Mam nervös kleine Wellen, die sich in weiten Kreisen um sie herum ausbreiten. Sie steht immer noch unverrückbar in der Eingangstür unserer Wohngrotte und zeigt auch weiterhin keine Anzeichen, den dunkel schimmernden Mann hereinzubitten.

Was ungewöhnlich ist. Mam ist nämlich die gastfreundlichste Meerfrau der Welt. Warum also bittet sie diesen Fremden zu einer Zeit, in der die Wassertemperatur schon deutlich sinkt, nicht wenigstens ins Haus? Zugegeben, der Kerl ist mir auch nicht gerade sympathisch, aber Mam kocht doch sonst für jeden dahergeschwommenen Meermenschen bereitwillig ihren wärmenden Anemonentee!

„ROSSO? HAST DU GEHÖRT?“ Mams Stimme wird noch lauter, als sie ein zweites Mal zu den Ställen rüberruft. Trotzdem rührt sie sich immer noch nicht vom Fleck.

Warum schwimmt sie nicht einfach kurz selbst hin? Will sie den Mann nicht alleine hier stehen lassen? Was denkt sie denn? Dass der in der Zwischenzeit unsere Wohnhöhle ausrauben könnte?

„Ich hole Pap“, biete ich schnell an.

„Danke, Alani.“ Mam nickt mir erleichtert zu.

Ich bemerke, wie der Mann bei der Erwähnung meines Namens seinen Kopf noch einmal zu mir dreht und mich erneut von oben bis unten mustert. „Du bist Alani?“

Ich finde es unangenehm, wie er meinen Namen ausspricht.

Ich antworte nicht. Was für eine blöde Frage! Es ist ja wohl klar, dass ich jetzt nicht ‚Nein, tut mir leid, ich bin nicht Alani!‘ sagen werde, nachdem Mam mich gerade so genannt hat.

Ich flutsche schnell an Mam vorbei und schwimme rüber zu den Ställen neben unserer Wohngrotte. Ich muss mich mit dem ganzen Gewicht gegen die alte Stalltür stemmen, um sie aufzustoßen. Eine Welle von Delfingeschnatter flutet mir entgegen. Unwillkürlich lächele ich.

Obwohl ich unsere Herde ja jeden Tag sehe, geht es mir immer wieder gleich, wenn ich hier reinkomme. Die weichen Echolotwellen der Delfine schießen mir sofort in den Bauch. Ich vergesse den dunklen Mann für eine Sekunde und gebe mich dem warmen Gefühl hin. Ich liebe unsere Delfinschule! Delfine sind die besten, warmherzigsten und klügsten Tiere der Welt! Es ist wirklich so: Sobald man in die Nähe von Delfinen kommt, ist es, als würden sie einen mit ihren Klicklauten umhüllen, und alle Sorgen sind vergessen.

„Hallo Jinni, hallo Lu!“ Ich streichele über die glatten Körper.

Einen kurzen Augenblick lang lasse ich mich im Wasser des Stallgangs treiben und beobachte die riesigen Luftspeicher, die Pap für die Delfine angelegt hat und die überall unter der Decke hängen. Delfine sind Säugetiere und können, im Gegensatz zu uns, natürlich nicht von Wasser allein leben.

Ich lächele immer noch, als Pap mich bemerkt. „Alani? Ich denke, du bist schon längst im Bett!“

Pap steht hinten bei dem alten Nono und reibt ihn mit Perlmuttcreme ein. Jetzt schwimmt er mit der Cremedose in der Hand langsam auf mich zu. Er versucht sein Bestes, streng zu gucken.

Aber Pap ist nie streng. Das liegt ihm einfach nicht. Ich glaube sowieso, wenn man jeden Tag mit

Delfinen zusammen ist, kann man gar nichts Strenges oder Hartes oder Böses mehr an sich haben. Die Ruhe und Liebe der Delfine füllt einen einfach randvoll und pappsatt-glücklich an.

„Alani! Was machst du hier!“ Paps Stimme klingt jetzt ein klein wenig vorwurfsvoll.

Als ich mich daran erinnere, warum ich hier bin, verschwinden die warmen Delfinwellen in meinem Bauch innerhalb von einer Sekunde. Und während ich wieder an den Mann denke, der drüben vor unserer Höhle wartet, kriege ich stattdessen ein leicht flaues Gefühl.

Dieser Meermann sieht wirklich reich aus. Irgendwie wie einer, der in einer großen Stadt lebt. Oder jedenfalls so, wie ich mir vorstelle, dass einer aussehen muss, der in einer großen Stadt lebt.

Beim Rüberhuschen zum Stall habe ich weiter hinten im Hof seine prächtige Kutsche mit vier kräftigen Seepferden bemerkt. So was hab ich bis jetzt nur auf Bildern gesehen. Seepferde sind natürlich nicht halb so schnell wie Delfine, aber reiche Leute scheinen sie zu bevorzugen.

Pap meint, dass sie leichter lenkbar sind und zugegebenermaßen den Vorteil haben, nicht so viel Auslauf zu brauchen. Deshalb kommt man mit viel kleineren Weiden aus und kann sie in viel kleineren

Ställen halten. Delfine in großen Städten wären natürlich komplett undenkbar.

Als ich in diesem Moment noch einmal aus dem Stallfenster hinaus in den Hof schaue, sehe ich unsere älteste Delfindame, Belka. Sie ist zwar wirklich schon eine Delfin-Oma, aber immer noch reichlich neugierig. Sie schwimmt um die Seepferdkutsche herum und klickt und klackt nach Leibeskräften. Und die dämlichen Seepferdchen rollen ängstlich mit ihren großen Augen und bibbern vor sich hin.

Diese Stadttiere! Haben wahrscheinlich noch nie einen vernünftigen Delfin aus nächster Nähe gesehen!

„Alani?" Jetzt klingt Paps Stimme doch ziemlich eindringlich. „Solltest du nicht längst …"

Ich hole tief Luft und unterbreche ihn. „Pap! Pap, da ist ein Mann an der Tür …"

alexis, nikos und ein mann namens joruna nort

„Mein Name ist Joruna Nort.“ Der dunkel schimmernde Mann reicht meinem Vater die Hand.

Paps Gesicht erstarrt für eine Sekunde. Gleich danach reißt er sich aber zusammen und schüttelt ihm die Hand. „Guten Abend, was kann ich für Sie tun?“

„Ich komme …“, fängt der Mann an zu erklären, „… von der Kanzlei Perlberg, Flunder, Nort und Partner. Ich bin hier im Auftrag von …“

Pap reißt die Hand, die er dem Mann gerade gegeben hat, zurück und macht eine hektische Armbewegung. Beinahe hätte er diesem Herrn Joruna Nort aus Versehen einen Schlag durchs Gesicht gezogen.

Das muss der Mann wohl auch gedacht haben. Er bricht mitten im Wort erschrocken ab und starrt Pap mit aufgerissenen Augen empört an.

Pap entschuldigt sich sofort mindestens drei Mal.

Doch seine Anspannung ist offensichtlich. Er sieht aus … ja, wie eigentlich?

Knotiger Haiknochen! – Pap sieht beinahe verärgert aus.

Mein flaues Gefühl im Magen wächst wieder. Wieso reagiert Pap denn noch merkwürdiger als Mam auf diesen Fremden? Kennt Pap ihn doch? Oder kennt er zumindest den Namen?

„Aber bitte – bitte, Herr Nort – lassen Sie uns woanders weiterreden!“ Paps Augen starren den Mann ernst und eindringlich an. Er nickt kurz vieldeutig zu mir und Sassi rüber, die inzwischen auch neugierig hergeschwommen ist und jetzt hinter Mams dicker Schwanzflosse hervorlugt.

Der dunkle Mann räuspert sich. „Selbstverständlich. Ich verstehe.“

Er sagt kein Wort mehr, bis Pap ihn in sein Arbeitszimmer geleitet hat. Und nachdem Pap die Tür sorgfältig geschlossen hat, hören wir hinter der Felswand nur noch dunkles Murmeln. Es ist kein klares Wort mehr auszumachen.

Mam zieht Sassi und mich zurück ins Schlafzimmer und liest das Märchen zu Ende vor, aber ich kann mich nicht mehr konzentrieren. Das schöne Mam-Sassi-und-ich-Kuschel-Muschel-Gefühl ist total weg.

Als Sassi mit ihrem Kuschelschwamm im Arm glücklich eingeschlafen ist, liege ich immer noch wach.

Ich schlafe oft bei Sassi im Bett. Einfach weil es gemütlich ist, neben jemandem zu schlafen.

Ich höre Sassis kleinen glücklichen Schnarchern zu, rücke ihre Decke ein Stückchen zurecht, sodass ihr nicht kalt wird, und gucke danach den süßen Wasserschnecken zu, die an unseren Wänden rauf- und runterklettern. In Gedanken versunken, drücke ich ein wenig an Alexis rum und kann dann einen Seufzer nicht unterdrücken. Es ist zu offensichtlich, dass der Besuch dieses Mannes heute Abend irgendetwas Ungewöhnliches zu bedeuten hat. Aber was?

Alexis ist übrigens mein Pickel. Stinkendes Seegras, ich sollte besser sagen einer meiner Pickel, denn davon gibt es leider mehrere! Verkleben seit einem knappen Jahr meine Poren wie Seepocken unsere Felshänge. (Kapiere nicht, dass die Leute sagen, Salzwasser heile Wunden oder beseitige alle Unreinheiten im Nu. Totaler Quallenquark!)

Um eine positive Einstellung zu den grässlichen Dingern zu kriegen, habe ich ihnen Namen gegeben. Was anderes ist mir nicht eingefallen. Ich meine, was könnte man sonst Positives mit Pickeln machen?

Einen von Alexis' miesen Kumpeln (wohnhaft in der linken Hälfte meiner Stirn, gleich über meinem linken Auge, das ohne die überflüssige Betonung eigentlich ganz hübsch aussehen würde) habe ich Nikos genannt. Ich weiß nicht, warum ich für meine Pickel immer Landmenschennamen finde (wahrscheinlich, weil sie keine Meermenschennamen verdienen!), aber den Namen Nikos mag ich einfach. Mochte ich schon immer. (Obwohl ich einen Pickel so nenne!)

Nikos ist dünn, blässlich und direkt bescheiden in seinem Aussehen. Und würde er nicht regelmäßig genau über meiner nett geschwungenen Augenbraue auftauchen, würde er mich vermutlich noch nicht mal sehr stören. So aber – an diesem auffälligen Platz, wo jeder sofort hinguckt, wenn er mit einem spricht – stört er natürlich doch.

Ich taste nach Nikos. Nein, er ist noch nicht wieder da. Er kommt und geht, wie es ihm passt, und seit letzter Woche hat er sich mal wieder verdrückt. Vermutlich, damit sein Freund Alexis mehr Aufmerksamkeit kriegen kann. Und die holt sich Alexis, dieser miese Hai, auch!

Bloß gut, dass ich keins von diesen glibberigen Glittermeermädchen bin, von denen es bestimmt reichlich in den großen Meerstädten gibt! Schätze, die würden sich mit Alexis nicht mal mehr nach draußen trauen!

Ich bin ja keine Hinterwäldlerin, ich sehe diese albernen Meerkätzchen (so nennt Petin sie nämlich) ja dauernd in Filmen auf unserem Muschelmonitor. Ich weiß also genau, wie die aussehen und wie die sich benehmen und was für einen Quallenquark sie in ihren Hirnen haben!

Na schön, auch wenn ich noch nie welche in Wirklichkeit gesehen habe. Bis auf ein paar, die mit ihren Eltern Delfine angucken gekommen sind. Aber mit denen wollten Petin und ich uns sowieso nicht abgeben und deshalb haben wir sie auch gar nicht erst angesprochen. Die wären vermutlich ja eh schon beim Anblick des ersten kleinen Hammerhais in Ohnmacht gefallen!

Weicheierige Wabbelquallen! Glitzerfische! Was hätten wir mit denen schon anstellen können? Nee, auf so eine Muschelgrütze wie ständiges Haarestriegeln, Schuppenpolieren oder Muschelkettenbasteln hab ich wirklich keine Lust!

Was für ein Glück, dass unsere nächsten Nachbarn hier unten kein albernes Glitzermädchen haben, sondern einen Sohn. Und was für ein Riesenglück, dass dieser Sohn Petin ist und wir die besten Freunde unter der Meeresoberfläche sind!

Ich schaue auf ein Foto an der Wand, das Petin und mich beim jährlichen Tiefsee-Rodeo zeigt. Petin auf einem jungen Buckelwal, der kein bisschen Lust hatte, eingeritten zu werden. Der Buckelwal machte seinem Namen alle Ehre, aber Petin hat sich kein einziges Mal abwerfen lassen.

Letztes Jahr ist Petin in der Gesamtwertung sogar Zweiter geworden. Das muss man sich mal vorstellen! Dabei war er da erst zwölf! Und der nächstjüngste Teilnehmer war siebzehn, was ja wohl schon reichlich älter ist. Ansonsten waren nur erwachsene Meermänner dabei. Und zwischen all denen ist Petin tatsächlich Zweiter geworden! Aber Petin ist auch der beste Reiter, den ich kenne.

Aber ich bin auch richtig gut! Ehrlich! Verdammte Gemeinheit, dass beim Rodeo nur Männer mitmachen dürfen! Da kann man mal sehen, dass die Meerwelt doch noch diese uralten doofen Ideen im Kopf hat! Von wegen Meermädchen sollten sich lieber um ihre Schuppen als um Haie oder Wale kümmern! Was für ein gequirlter Quallenquatsch!

Oh, jetzt höre ich endlich die Tür von Paps Arbeitszimmer aufgehen. Das hat ja ewig gedauert! Haben die da die ganze Zeit geredet?

Wer ist dieser Mann nur? Und was hatte er so lange mit Pap zu besprechen?

Ich schlüpfe vorsichtig unter den Decken hervor, um Sassi nicht aufzuwecken, und schwimme geräuschlos zum Fenster. Hinter Mams selbst gewebten, dicken Algengardinen kann der Mann mich nicht sehen. Er schwimmt jetzt zu seiner Kutsche, setzt sich hinein und gibt dem Kutscher ein Zeichen.

Meine Meerwelt! Der hat sogar einen Kutscher!

Egal. Pah, das beeindruckt mich gar nicht! Ich finde den Kerl trotzdem doof. Schon allein, weil er mich so frech angestarrt hat. Du bist Alani? Was denkt der Typ, wer er ist? Und was geht's ihn überhaupt an, wie ich heiße?

Muss morgen früh unbedingt sofort zu Petin rüberschwimmen und ihm von dem merkwürdigen Besuch berichten. Vielleicht war der Mann ja auch bei Petins Eltern?

Als der dunkle Mann mit seiner prunkvollen Kutsche vom Hof gefahren ist, kuschele ich mich wieder ins Bett neben Sassi.

Jetzt höre ich Mam und Pap in der Küche hantieren. Moment mal, klingt Paps Stimme etwa böse?

Ja, dreimal gebrochener Haiknochen! Pap klingt sogar stocksauer! Er brüllt fast.

Was? Pap brüllt nie! Pap ist immer die Ruhe in Person! Er ist schließlich ein Delfinmann!

Mams zartes Stimmchen blubbert beruhigend auf ihn ein. Leider so leise, dass ich nichts verstehen kann. Paps Ausbruch kann ich dafür umso deutlicher hören.

„WAS BILDET DER SICH EIN!!", raunzt Pap durch unsere Wohnhöhle, ohne darauf zu achten, ob Sassi oder ich davon aufwachen.

Dann hört man es eine Weile nur plätschern und murmeln. Mams Beruhigungsversuche scheinen gewirkt zu haben. Bis Pap wieder loslegt.

„SO EIN EITLER, ARROGANTER FEUERSCHWANZ!"

Feuerschwanz? Ich kichere leise unter meiner Decke.

Feuerschwänze, so nennt Pap die elegant gekleideten Meermänner aus der Stadt. Weil sie meistens an ihrer Kleidung ziemlich viel auffälligen Schnickschnack baumeln haben – gerne auch in den knalligsten Farben –, den man nicht wirklich braucht. Jedenfalls nicht zum Reiten, Stallausmisten oder Wale-Einfangen. Und mit anderen Dingen mag Pap seine Zeit nicht vergeuden. Was man ja gut verstehen kann.

„WENN DER DENKT, DASS ICH MEINE …“

„SCHSCHschscht!“, höre ich Mam ihn verzweifelt unterbrechen und den letzten Teil von Paps Satz kann ich deswegen blöderweise nicht verstehen.

„NUR ÜBER MEINE LEICHE!“, brüllt Pap trotzdem noch weiter.

„Rosso!“, sagt Mam da sehr, sehr ernst. Und ich kann an ihrer Stimme hören, dass ihr Gesicht dabei einen sorgenvollen Ausdruck hat. „Rosso! WIR HABEN DOCH KEINE WAHL! Sie gehört uns doch gar nicht! Wenn sie abgeholt wird, können wir nichts – wirklich gar nichts – machen!“ Sie seufzt tief. „Das weißt du doch! Das haben wir damals akzeptiert.“

Wer gehört meinen Eltern nicht? Geht es etwa um ein Delfinweibchen, das der dunkle Kerl haben will? Aber alle Delfine, die hier sind, gehören doch absolut und ohne Zweifel Pap. Wem sollten sie sonst gehören?

Ach, ich werde immer verwirrter. Und kriege wieder ein ziemlich beklommenes Gefühl im Magen. Pap lässt sich nie aus der Ruhe bringen. Und brüllen tut er schon sowieso nicht.

Und wer genau soll abgeholt werden? Etwa Jinni?

Mein Lieblingsdelfinweibchen? Nein, das wird Pap doch nicht zulassen!

Augenblicklich schießt mir ein Angstblitz durch den Körper. Ich richte mich ruckartig auf.

Und bringe dabei das Bett so zum Wackeln, dass Sassi auf der anderen Seite zu Boden gleitet. Und natürlich aufwacht! Stinkendes Seegras!

„Maaaam!", heult da meine kleine Schwester auch schon los. „Maaam, Lani hat mich aus dem Bett geschmissen!"

„Ist doch schon gut, du kleine Matschkröte!", versuche ich sie still zu kriegen. „Hab ich doch nicht mit Absicht gemacht!"

Warum freundliche Worte bei kleinen Schwestern nie was nützen, weiß ich wirklich nicht. Sassi jedenfalls gibt erst Ruhe, als Mam – mit einem kleinen, vorwurfsvollen Seitenblick auf mich – ins Zimmer platscht und sie wieder zurück ins Bett verpackt.

Ich schwimme ab in mein eigenes Bett. Da ist es sowieso viel gemütlicher! Soll meine Schwester sich doch jemand anderen suchen, der ihr nachts liebevoll die Decke gerade rückt.

Ich quetsche noch ein wenig an Alexis rum, dann fallen auch mir die Augen zu.

Aber morgen – morgen muss ich sofort rüber zu Petin!

ein Schwertfisch und eine Menge Heringe

Als ich morgens aufwache, muss ich sofort wieder an gestern Abend und an den merkwürdigen Mann denken. Was kein Wunder ist, denn Paps Laune scheint kein bisschen besser geworden zu sein.

Pap flucht immer noch in einer Lautstärke in der Küche rum, dass ihn die großen Makrelenschwärme auf der anderen Seite des Irmingerstroms bequem hören können. Von unseren armen Delfinen nebenan in den Ställen mal ganz abgesehen! Delfine mögen kein Fluchen oder Schreien.

Pap auch nicht. Deswegen flucht er auch nie.

Außer jetzt. Heiliger Laternenfisch!

„DASS DEM KERL SEINE STINKIGEN HAIFISCHZÄHNE AUSFALLEN MÖGEN!“, flucht Pap. „BLUTIGES SEERÄUBERBEIN! DASS DER DIE NERVEN HAT, HIER EINFACH EINZUTAUCHEN UND …“

„SchSCHschSCH, Rosso!“, blubbert Mam.

Ob das die ganze Nacht so gegangen ist? Haben Mam und Pap überhaupt geschlafen?

Ich traue mich gar nicht aufzustehen. Vielleicht sollte ich einfach das Fenster aufmachen und schnell zu Petin rüberschwimmen?

Zu spät. Ich höre Paps kräftige Schwanzflosse durch den Flur pflügen. Dann drückt er auch schon leise die Klinke runter und lugt in unser Zimmer. „Alani?"

Ob es eine gute Idee ist, sich schlafend zu stellen? Immerhin flucht er für einen Augenblick nicht. Aber was will er jetzt plötzlich von mir? Ich habe doch nicht etwa irgendwas Schreckliches angestellt?

Oh nein! Auf die Idee bin ich ja noch gar nicht gekommen! Vielleicht war der dunkle Mann von irgendsoeiner Erziehungsbehörde und hat sich bei Pap beschwert? Deswegen hat er mich auch so durchdringend angestarrt! Meine Meerwelt! So schlimm kann ich doch nicht sein! Oder doch?

Ich gehe rasend schnell all die wirklich lustigen Kleinigkeiten der letzten Zeit durch, die Erwachsene vielleicht nicht lustig finden könnten …

Also – da wäre der Tag gewesen, an dem Petin und ich bei uns in der Schule die Tintenfischklebe auf den Sitzen verteilt haben. Frühmorgens, bevor irgendjemand sonst im Klassenraum war. Als alle anderen Meerschüler sich gesetzt hatten und dann der Erste wieder aufstehen sollte, klebte natürlich der Stuhl an seinen Schwanzschuppen fest, sodass die ganze Klasse kicherte.

Das Ganze war noch komischer, als wir gehofft hatten, denn wir lasen gerade reihum einen eigentlich schrecklich langweiligen Meerklassiker vor, der „Die Leiden des jungen Schwertfisch" heißt. Unsere Lehrerin kicherte leider nicht, sondern bestimmte, dass Petin und ich nach der Schule fünfzig Mal „Die Leiden des jungen Schwertfisch sind NICHT komisch!" an die Felstafel schreiben sollten. Also, das fanden Petin und ich dann wiederum nicht allzu komisch.

Aber unsere Lehrerin wird uns deshalb doch nicht gleich der Erziehungsbehörde gemeldet haben?

Vor Schreck verschlucke ich mich und kriege einen solchen Riesenschwall Salzwasser in meine Lungen, dass ich husten muss.

„Alani?" Pap steht anscheinend noch immer im Türrahmen.

Ich tue doch mal lieber so, als würde ich noch schlafen und nur in irgendwelchen Träumen husten. In Gedanken überprüfe ich weiter andere lustige Kleinigkeiten, die mir auf die Schnelle einfallen. War da irgendwas wirklich Schlimmes dabei?

Oh – hm, na gut –, als Petin und ich die Weichen für den Strom-Ausstieg der monatlichen Heringslieferung umgestellt haben und deswegen der Riesenschwarm Heringe, der wie immer unseren kleinen Nebenzweig vom großen Labradorstrom hinuntergeschossen kam, fälschlicherweise nicht in den Fisch-Auffanglagern landete, wie er das sonst immer tut, sondern stattdessen in einem Höllentempo mitten auf den Markplatz von unserem kleinen Dorf zischte, da gab es – zugegeben – eine ziemliche Aufregung.

Oh meine Meerwelt, war das ein Tag! Ich hab selten einen so seesternmäßigen Spaß gehabt! Was haben Petin und ich gelacht! Nur gut, dass nie jemand rausgefunden hat, wer die Weichen verstellt hat!

Oder hat das nun doch jemand rausgefunden?

Mir wird heiß und kalt. Es gibt viele Dinge, die Leute wie Lehrerinnen oder Verkäuferinnen oder andere langweilige Erwachsene ganz und gar nicht komisch finden, aber über die Pap doch amüsiert grinst. Auch wenn er das nicht unbedingt immer zugeben würde.

Aber ich weiß genau, dass er alles extrem ernst nimmt, was mit Fischlieferungen und überhaupt dem ganzen Erhalt unseres Lebens hier unten zu tun hat. Und ich fürchte, dass er reichlich sauer wäre, wenn er hören würde, dass Petin und ich solche Sachen machen. (Aber ehrlich – es ist ja nicht so, dass jemand verletzt worden ist oder so! Es war einfach nur eine wunderschöne Riesenheringsmatscherei mitten im Dorf!)

„Alani!" Paps Stimme klingt kein bisschen so böse wie eben noch in der Küche. Aber doch angespannt. „Alani, ich bin nicht blind! Ich sehe genau, dass du nicht schläfst!"

Matschiger Makrelenmist! Wieso merken Eltern immer, wann man schläft und wann nicht?

Ich öffne mal vorsichtig ein Auge, um Paps Gesichtsausdruck zu überprüfen. Ah! – er lächelt.

Er lächelt? Hm, dann wird er wohl kaum von dem Heringregen auf unserem Marktplatz gehört haben. Und auch die Lehrerin hat ihm wahrschein-

lich nichts von der Klebeaktion erzählt. Was für ein Glück! Aber warum tobt er dann seit gestern Nacht so rum?

Ich öffne das andere Auge und lächle zurück. „Morgen, Pap!“

„Guten Morgen, mein süßes Muschelkind!“

Muschelkind? So nennt er mich allerhöchstens am Geburtstagsmorgen oder zum Korallenfest. Pap ist nicht so der Schmusetyp. Er zeigt einem, wie gern er einen mag, mit einem Ritt auf einem Blauwal oder auf einem Riesenrochen.

„Komm rüber in die Küche“, winkt Pap mir zu, „das Frühstück ist fertig.“

Ich werfe einen fragenden Blick zu Sassi rüber, die mit ihrem Kuschelschwamm im Arm tief und selig schnorchelt.

Pap lächelt immer noch. „Lass Sassi schlafen.“ Dann wird das Lächeln blasser und Pap sieht plötzlich unheimlich müde aus. Als ob ihm selbst noch ein wenig Schlaf guttun würde. „Komm, Alani! Du und Mam und ich, wir haben was zu besprechen.“

Haben wir? Ähm …

Ich kriege gleich wieder einen kleinen Anfall von schlechtem Gewissen. Hat Pap doch noch irgendwas anderes rausgefunden, was Petin und ich in letzter Zeit angestellt haben?

In der Küche hocke ich mich ein wenig verwirrt im Schlafanzug an unseren runden Tisch und warte, dass Mam mir was von dem köstlich riechenden Krabbenmüsli, das sie auf dem Herd röstet, in meine Schüssel füllt.

Auch Mam lächelt freundlich. Aber Mam lächelt fast immer freundlich.

(Außer, wenn man ihr heimlich Seeigelhonig in die Duschseife tut, sodass alle zehntausend Krabben im Umkreis von Meilen angerobbt kommen, begeistert an ihr schnuppern und sie für die nächsten Tage nicht mehr in Ruhe lassen, hihihi! Aber das haben Petin und ich wirklich nur ein einziges Mal gemacht und wir tun es auch nie wieder. Ehrenwort!)

„Es ist so, Alani …“, beginnt Pap. Doch dann bricht er ab und starrt bloß schweigend auf den vollen Teller. „Vielleicht solltest du erzählen, Amina?“

„Ja, gut – hm“, macht Mam und räuspert sich und lächelt und räuspert sich und lächelt.

Allmählich wird mir wieder etwas flau im Magen. Was, bitte, ist hier eigentlich los?

„Alani, mein Liebling“, beginnt nun Mam vorsichtig, „wir – äh – denken, dass du …“

„WIR?“, unterbricht sie Pap und klingt für einen Augenblick reichlich wütend. „WIR denken? Bei aller Meerliebe, Amina! Also, ich für meinen Teil denke nicht, dass …"

„Rosso!" Jetzt ist es Mam, die ärgerlich aussieht. Sie wirft Pap einen ihrer Wie-kannst-du-so-was-sagen!-Blicke zu.

Ich lasse meinen Löffel sinken. Entweder Mam und Pap sind über Nacht zu völlig anderen Meermenschen geworden oder … oder dieser Kerl von gestern Abend ist doch noch gefährlicher, als ich dachte. Was kann er getan haben? Ist er vielleicht ein mieser Schurke, der Pap mit irgendwas erpresst?

Ich werde zum Glück in meinen wilden Gedanken unterbrochen.

„Alani!" Pap fasst sich ein Herz und schaut mir direkt in die Augen. „Weißt du eigentlich, was ein Internat ist?"

Was ist los?

Jetzt bin ich komplett verwirrt. Was faselt der denn jetzt von einem Internat? Wollte er nicht gerade irgendwas mit mir besprechen?

Und überhaupt. Natürlich weiß ich, was ein Internat ist. Ich schwimme doch nicht rückwärts! Wer weiß denn nicht, was das ist?

Ein Internat ist eine Schule für dumme Glitzerfische aus der Stadt, deren Eltern so reich sind, dass sie Besseres zu tun haben, als ihre aufgetakelten

Meertöchter oder Meersöhne zu beaufsichtigen und sie deshalb weit, weit weg an einen Ort schicken, an dem sich andere Leute um sie kümmern sollen.

Pap guckt immer noch fragend.

„Klar", grunze ich verächtlich, „da läuft doch grad diese blöde Serie ‚Die Schule am Grunde des Sees' auf dem Muschelmonitor."

Pap seufzt tief und nickt. „Genau. So oder – hm – so ähnlich geht es in einem Internat zu." Er seufzt noch mal. „Denke ich zumindest."

„So ein Internat kann wirklich nett sein!", fügt Mam hinzu und lächelt wieder.

Ach ja? Was geht's mich an!

Ach du dicke Flosse! Ich begreife eine Sekunde später, was es mich angeht.

„Wir dachten nämlich", redet Mam weiter, „dass du von jetzt an so ein Internat besuchen könntest. Ein richtig tolles und superteures." Sie holt tief Luft. Ihr Lächeln sieht ein klitzekleines bisschen angestrengt aus.

In ein superteures Internat? Ich verstehe nur Perlenstaub. Wir haben doch überhaupt kein Geld. Weder für ein billiges noch für ein teures.

Und was zum kratzigen Kugelfisch sollte ich auch in einem Internat?

petins anti-internatsplan

„Deine Eltern haben WAS gesagt?“, fragt Petin eine Stunde später und kriegt den Mund fast nicht mehr zu. „Du sollst in ein – INTERNAT?“ Er spricht das Wort so angeekelt aus, als handele es sich um Haifischkotze.

Und, ehrlich gesagt, kann man das ja verstehen.

Trotzdem muss ich über Petins Gesicht grinsen. „He, pass auf! Wenn du den Mund noch weiter aufmachst, wird dir gleich ein Schwarm Lodden reinschwimmen!“

Lodden sind klitzekleine Lachsfische, die es bei uns hier unten haufenweise gibt. Sie schießen in größeren Grüppchen hier und dort herum.

Petin schließt den Mund und zieht eine Grimasse. „Aber warum? Warum sollst du weg von hier? Warum ist unsere Schule hier unten plötzlich nicht mehr gut genug? Dein Vater kann doch all diese aufgemotzten Meerkatzen überhaupt nicht ausstehen! Warum will er dich dann plötzlich in so eine Schule schicken?“

„Das ist ja das Merkwürdige!“, bricht es aus mir heraus. „Ich habe das Gefühl, mein Pap WILL das gar nicht. Und meine Mam wahrscheinlich auch nicht. Aber irgendwie …“

„… tun sie es doch?“, vollendet Petin meinen Satz. „Dich wegschicken, meine ich?“

Ich nicke traurig.

„Du hast recht“, sagt Petin düster, „da kann nur dieser dunkle Kerl dahinterstecken, der gestern Abend bei euch eingetaucht ist.“

Ich seufze. „Ja.“

Dann schweigen wir.

„Wann? Wann musst du …?“, fragt Petin schließlich.

„Montag bringt mich Pap runter zum Kanarenstrom.“

„Diesen Montag schon?“ Petin reißt die Augen auf.

Ich nicke. „Mhm …“

„Und du schwimmst von dort aus alleine?“

„Na ja“, erkläre ich, „nicht wirklich. Die Reise wird wohl von dieser Schule organisiert. Alle Mädchen schwimmen das letzte Stück alleine mit dem Strom. Aber es stehen Lehrer am richtigen

Ausstieg, sodass man nicht aus Versehen zu weit rauscht und …“, ich kichere, „… erst am Südpol wieder auftaucht.“

„Der Kanarenstrom führt überhaupt nicht bis zum Südpol.“ Petin ist besser in Erdkunde als ich, aber viel Humor scheint er heute nicht zu haben. „Er führt an der afrikanischen Küste vorbei zu den Kanaren und wird dann zum atlantischen Nordäquatorialstrom, der dann wiederum auf die andere Seite des Atlantiks nach …“

„Ist ja auch egal“, sage ich schnell, bevor Petin hier noch eine ganze Schulstunde wiederholt, „ich meinte ja nur so.“

Petin reagiert kaum. Er sieht immer noch so geschockt aus, als müsse er selbst in ein Internat abschwimmen.

Doch plötzlich leuchtet sein Gesicht auf.

„Ich hab's! Hör zu!“ Er strahlt mich an. „Wenn sich der Strom der Internats-Ausstiegsstelle nähert, schwimmst du einfach, so weit es geht, in der Mitte. Da kann dich keiner sehen. Weder vom Ausstieg auf der rechten Seite noch vom Ausstieg auf der linken.“ Er grinst. „Du musst nur aufpassen, dass du nicht in einen Fischschwarm gerätst und plötzlich mitgerissen wirst und – hihi – erst in einem Fischtrog wieder auftauchst.“

Petin rollt mit den Augen wie ein Kugelfisch beim Anblick eines Riesenkraken. Im Grimassenschneiden ist er nicht zu schlagen!

Ich gucke ihn böse an. „Sehr witzig!“

Die Vorstellung, zwischen Tausenden von stinkigen Fischen in einem Salztrog zu landen und hilflos zu strampeln, um nicht erdrückt zu werden, und dann von dort erst von irgendwelchen Meerarbeitern möglicherweise an den Haaren herausgezogen zu werden, ist nicht sehr komisch. Auch wenn ich nicht Stunden morgens mit Schuppenpflege oder Haarebürsten verbringe, möchte ich doch nicht unbedingt wie ein Fisch riechen.

Nein, die Mitte des Stroms sollte ich wohl besser meiden. Und überhaupt, was würde das schon nützen, den richtigen Ausstieg zu umgehen?

„Und dann?“, frage ich. „Soll ich dann die nächsten Monate einsam und allein irgendwo im Ozean vor mich hin dümpeln? Bloß um nicht in diesem dämlichen Internat zu landen?“

„Quallenquark!“, wischt Petin immer noch total

begeistert von seiner Idee meine Einwände beiseite. „Du rufst mich natürlich sofort vom nächsten Muschelfon aus an. Dann sagst du mir, wo du bist, und dann ...? Na?“

Er macht eine Atempause und sieht mich erwartungsvoll an. Genau wie der Moderator im Muschelmonitor bei „Wer wird Meeriardär“ seine Kandidaten anglotzt, nachdem er die Hundertausend-Perlen-Frage gestellt hat.

„Und dann?“, wiederhole ich begriffsstutzig.

„Und dann komme ich!“, antwortet Petin triumphierend. „Und ab geht's! Verstehst du nicht?“

Seine Augen strahlen und sein rechter Mundwinkel zuckt. Das tut sein Mund immer, wenn Petin aufgeregt ist.

„Verstehst du nicht?“, wiederholt er begeistert. „Du und ich und die weite Welt! Endlich! Jaaa, Welt! Ja, wir koooommen!“

Ich lächele. Petin ist echt lieb. Aber dass wir beide einfach zusammen abhauen, das ist doch eine Kleinkinderidee! Oder nicht?

„Mann, Petin, was sollen wir denn in der weiten Welt machen? Wir haben doch gar keine Perlen, um irgendwo anders zu leben. Und außerdem ist man mit elf oder zwölf noch nicht wirklich alt genug, um allein zu leben.“

Petin ist nämlich ein winziges halbes Jahr älter als ich und schon zwölf.

„Sei nicht so schissrig!“, raunzt Petin mich an. „So kenne ich dich ja gar nicht!“

Natürlich hat er recht. Ich weiß auch nicht, wieso ich plötzlich so schilfgrasmäßig brav klinge.

Vielleicht weil Mam und Pap so ernst in ihrer Entscheidung waren? Und weil sie dabei so traurig aussahen? Auch wenn sie tapfer versuchten zu lächeln. Ich hatte heute Morgen irgendwie das tiefe Gefühl, dass ich ihnen zuliebe tun sollte, um was sie mich bitten.

Ich seufze. Klar, dass Petin das nicht versteht. Ich schreie ja sonst bei jedem vorbeischwimmenden Abenteuer so laut es geht „HIERHER!“. Mir ist kein Ausflug jemals zu gefährlich, kein Abgrund zu tief, keine Unterwasserströmung zu reißend und nichts Neues zu aufregend.

Und ich denke dabei ganz bestimmt nicht an vernünftige Dinge, wie fehlende Perlen oder unser Alter oder all so was Überflüssiges. Nein, ganz im Gegenteil, ich finde, wenn es um Abenteuer geht, muss man schleunigst zugreifen, sobald sich eins bietet, sonst verpasst man es womöglich. Und überhaupt, ich habe die Erfahrung gemacht, dass sich alles andere dann schon richten wird.

Petins Augen strahlen mich hoffend an. „Abgemacht?“

Ich kichere. „Oh, Mann Petin! Ich weiß nicht …“ Ich muss wieder an Mams und Paps ernste Gesichter denken.

„Bitte frag uns nicht weiter warum, Alani!“, hat Pap gesagt. „Bitte tu einfach, worum wir dich bitten!“

Doch Petin plappert schon munter weiter. „Wir nehmen unsere kleine aufklappbare Höhle mit, dann brauchen wir gar kein Geld für Meerhotels oder so. Und ich klaue ein paar Fischkuchen aus unserer Vorratskammer und du könntest ein paar von euren leckeren Austernstrudeln für die ersten Tage einpacken. Ich nehme noch meine Harpune mit, dann können wir jagen und brauchen kaum Geld für Essen. Denk doch nur, was wir alles sehen werden! Vielleicht kommen wir sogar bis in die Südsee!“

Petin ist nicht mehr zu stoppen.

Und – puh – jetzt fängt es doch an, in meinem

Bauch zu kribbeln. Südsee! Die Kelpwälder vor Hawaii! Die Riffe!

Ich atme tief aus. Und schlage in Petins ausgestreckte Hand ein! „Also schön! Was soll ich meine Tage in einem dämlichen Glitzerinternat vertrödeln, wenn ich stattdessen auch die Welt sehen kann!"

„Das ist die richtige Einstellung!", lobt Petin. Sein Abenteuergrinsen geht von einem Ohr bis zum anderen. „Dann warte ich Montag auf deinen Anruf, ja?"

Ich nicke und lächle ebenfalls zaghaft. „Abgemacht! Montag geht's los. Halt dich bereit!"

Ich muss mich von Mam, Pap und Sassi trennen

„Vergiss nicht, dir die Spange am Zopf zu richten, sobald du aus dem Strom ausgestiegen bist!“

Es ist Montagmorgen und Mam zupft und zerrt und zippelt schon seit Stunden an mir herum. „Und überprüfe auch deine anderen Haarschleifen, hörst du! Wahrscheinlich musst du sie sogar alle noch mal neu binden. Die Strömung ist um diese Jahreszeit so reißend, dass man danach leicht aussieht, als wäre man in einer Waschtrommel im Schleudergang gereist.“

Pah, als ob mich das sorgen würde!

Ich würde am liebsten so zerstrubbelt und abgerissen in diesem feinen Internat ankommen, wie es geht. Damit die gleich den richtigen Eindruck von mir kriegen! Dass ich mich nämlich nicht einen einzigen Hauch Plankton tief in ihre dämliche Schule einfügen werde!

Nee, das können die gleich aus ihren Glitzerhir-

nen streichen. Alani Baltico wird nie und nimmer ein Glittermeermädchen werden!

Aber dann – ups – fällt mir ein, dass ich überhaupt nicht in das doofe Internat schwimmen werde. Sondern dass ich stattdessen ja mit Petin die weite Welt erobere!

Woohooo! Strahlender Südsee-Seestern! Da blubbern doch gleich hundert Abenteuerblasen in meinem Bauch und meine Laune macht eine Hundertachtzig-Grad-Kehrtwendung! Juchhu!

„Endlich!“, sagt Mam und gibt mir einen Kuss. „Du lächelst! Ich hatte schon Angst, du würdest die ganze Reise über so griesgrämig gucken! Und pass auf, dass du in keinen Wasserwirbel gerätst!“ Jetzt ist sie auch noch auf dem Beschützer-Trip.

Mam ist die beste Mam der Welt, aber manchmal übertreibt sie es etwas. Ich schätze, am liebsten würde sie den ganzen Weg Hand in Hand neben mir herschwimmen. Vermutlich wird sie mir gleich ans Herz legen, auch ja schön regelmäßig zu atmen.

„Und wenn du der Direktorin von Korallenkrone vorgestellt wirst“, blubbert Mam ungerührt weiter, „denk daran, dass du artig lächelst und dabei nicht etwa Pökelhaifetzen zwischen den Zähnen hast!“

Lächeln? Tsss! Sollte ich wirklich jemals die Direktorin dieses blöden Internats treffen, werde ich sie garantiert als Erstes kräftig in ihren aufgerüschten, dicken Fischschwanz beißen. Ich denke, das wird als Begrüßung genügen. Hahaha!

„Und wenn du im Schlafsaal deine Sachen auspackst …“ Mam ist nicht zu bremsen. „… leg alles aus deinem Koffer schön glatt und ordentlich in den Schrank. Nicht dass die anderen Mädchen denken, wir würden hier unten in den weitesten Weiten der Weite alle nur zerknittert und abgerissen herumschwimmen und nicht wissen, wie man sich vernünftig kleidet. Das möchtest du doch nicht, oder?“

Sassi kichert. „Alani sieht immer zerknittert und abgerissen aus. Sie findet das seesandig schick.“

Ich spritze Sassi mit meiner Schwanzflosse eine Riesenwelle ins Gesicht. „Das musst du gerade sagen, du Matschbürste!“

Sassi kichert noch mehr und spritzt fröhlich zurück.

„Nein!“, kreischt Mam. „Aufhören! Alanis Haare werden in einer Sekunde aussehen wie eine Seeanemone nach einem Meerbeben."

Das scheint Sassi genauso wenig zu stören wie mich. Wir spritzen und kichern wie die Meerweltmeister!

„A-LA-NI!" Mam ist den Tränen nahe.

Oh je! Nun tut Mam mir leid. Wo sie so lange an all diesen komischen Schleifen in meinem Haar rumgebastelt hat!

Ich schwimme schnell zum Flurspiegel rüber und werfe einen Blick hinein. Na, also ehrlich! Ich sehe immer noch aus wie eine Meerstadtprinzessin. Kein bisschen wie ich. Mam sollte wirklich zufrieden sein!

Doch Mam plätschert mir eilig nach und fängt schon wieder an, an mir rumzuzupfen.

„Mam", versuche ich ihr freundlich klarzumachen, „ich werde das alleine sowieso nie so hinkriegen."

Dass ich es auch nie so hinkriegen möchte, brauche ich ihr in dieser Deutlichkeit ja nicht zu sagen.

„Ach. Nicht?", seufzt Mam hilflos. Doch dann lächelt sie hoffnungsvoll. „Vielleicht triffst du dort eine nette Freundin, die dir morgens mit deinen Haaren hilft, hm?"

Eine Freundin, die morgens nichts anderes zu

tun weiß, als an ihren und meinen Haaren rumzufummeln? Na, vielen Dank, so eine Glitzerseekuh fehlt mir gerade noch!

Ich gucke mich nach Pap um. Kann er mir nicht beistehen? Ich muss doch nicht unbedingt aussehen wie komplett in rosa Seegraswatte gewickelt? Das ist doch ein bisschen peinlich! Wenn mich nun jemand aus meiner alten Schule auf dem Weg zum Kanarenstrom sieht!

„Und beim Essen im Esssaal“, blubbert Mam weiter, „greif bitte nicht gleich als Erste zu. Warte, bis sich andere auch etwas genommen haben. Du möchtest doch nicht gierig wirken! Und vergiss nicht, dir vor dem Essen die Hände zu waschen! Und wenn ihr danach in die Klassenräume schwimmt …“

Pap treibt auf der Stelle und hört Mams immer schneller sprudelnden Worten eine Weile schweigend zu.

Dann erscheint das erste Mal seit Langem ein leichtes Lächeln auf seinen Lippen. „Ich glaube, jetzt ist es gut, Amina! Alani ist ja kein kleines Kind mehr. Sie wird ihren Weg schon schwimmen. Mach dir nicht solche Sorgen!“

Oh, wie recht du hast, Pap! Und ob ich meinen Weg schwimmen werde! Ich werde sogar direkt in die Südsee kraulen. Und NICHT nach Korallenkrone!

Mam hört auf zu reden, seufzt stattdessen tief auf und nimmt mich in ihre Arme.

„Meine kleine Muscheltochter“, flüstert sie mir zärtlich ins Ohr, „vergiss nie, wir sind immer für dich da!“

Warum schickt ihr mich dann weg?, möchte ich schreien.

Aber ich tue es nicht, weil ich weiß, dass sie mir doch keinen anderen Grund nennen werden als den, den ich nun schon kenne. Ich soll auf eine bessere Schule gehen als die, die es hier unten bei uns gibt. Auf die beste Schule des Meeres. Nach Korallenkrone eben.

Ich verstehe nicht, was genau Mam und Pap zu diesem Entschluss gebracht hat. Aber ich weiß, dass irgendwie dieser dunkle Kerl aus der Stadt dahintersteckt.

„Alani, nicht das Lächeln vergessen!“

Ich muss für einen Augenblick wohl wieder ein ziemlich mürrisches Gesicht gemacht haben, denn Mam guckt mich schon wieder so prüfend und sorgenvoll an. Doch dann scheint sie das, was sie vielleicht noch sagen wollte, hinunterzuschlucken und drückt mich einfach nur. Sie hält mich so fest in ihren weichen Armen, als wolle sie mich nie wieder loslassen.

Und eine winzige Sekunde lang wünsche ich mir auch genau das. Für immer hierzubleiben nämlich. In Mams Armen.

Es tut weh, von Mam und Pap und Sassi wegzugehen. Auch wenn ganz sicher eine Menge Abenteuer auf mich warten …

Keine Angst vor Haien!

Das Globale Förderband ist das zuverlässigste Transportmittel der Welt. Sagt Pap jedenfalls. Es kann nicht kaputtgehen. Es hat nie Verspätung. Und es funktioniert nachts genauso gut wie tagsüber.

Globales Förderband, so nennt man die großen Ströme der Meere. Sie befördern alles, was es hier unten zu befördern gibt.

Es gibt viele unterirdische Ströme. Sie führen von einem Ende der Meere zum anderen. Von Nord nach Süd oder von Ost nach West oder umgekehrt. Warum es sie gibt, habe ich vergessen. Es hat irgendwas mit einer komischen Sache, die thermohaline Zirkulation heißt, zu tun. Wie gesagt, Petin ist sowieso besser in Erdkunde als ich.

Was ich aber nicht vergessen habe, weil man es an den eigenen Schuppen spüren kann, ist die Tatsache, dass die Ströme, die von Süden hoch in den Norden führen, muschelig-kuschelig warm sind, während die Ströme vom Norden in den Süden aus eiskaltem Wasser bestehen.

Zumindest bei uns auf der Nordhalbkugel ist das so. Unsere Lehrerin in der Schule hat uns erklärt, dass warmes Wasser vom Äquator wegströmt und kaltes von den Polen runterkommt. Deshalb ist es auf der Südhalbkugel genau andersherum. Also dass die Ströme, die aus Süden vom Südpol kommen, kalt sind und die aus dem Norden, vom Äquator runter, warm.

Aber was interessiert mich das! Ich weiß nur, dass der Kanarenstrom bei uns von Norden runter in Richtung Äquator führt, und darum wird er lausig kalt sein. Deshalb hat Mam mich auch gezwungen, mir meine dickste Winterfelljacke anzuziehen. Was schon ein bisschen albern aussieht mitten im Sommer!

Aber so wie Mam heute drauf war, wäre es unmöglich gewesen, ihr irgendetwas auszureden. Und wenn ich erst im Strom bin, werde ich vermutlich froh darüber sein.

Als ich jetzt auf dem Weg zum Einstieg neben Pap herschwimme, komme ich aber ziemlich ins Schwitzen. Auch wenn Pap meinen großen Koffer trägt, kann ich kaum mit seinem Tempo mithalten. Ich kraule, so schnell ich kann, und peitsche meine Schwanzflosse durchs Wasser, dass ich bestimmt die nächsten drei Wochen Muskelkater haben werde. Doch Pap ist immer mindestens zwei Längen vor mir.

Und er sieht und hört nichts. Wenn Pap schwimmt, dann schwimmt er. Dann gibt es nur noch ihn und das Wasser. Seine Arme und seine Schwanzflosse werden ein Teil des Meeres und er wird eins mit der Welt.

Wir schwimmen durch unsere weiten Wälder, von denen die Landmenschen vermutlich nichts ahnen. Ein Laternenfisch und eine Gruppe gefleckter Rattenfische kommen uns entgegen, erschrecken ein wenig, als sie uns sehen, ziehen dann aber an uns vorbei.

Weit über uns sehe ich einen Riesenschwarm Makrelen.

Es ist faszinierend, einem Schwarm Fische zuzusehen. Wie ein riesiges Ballett scheinen sie alle Bewegungen miteinander abzustimmen. In wunderschöner Harmonie bilden sie in einem Augenblick erstaunlich gleichmäßige große Kreise, nur um ihre Form eine Sekunde später absolut gleichzeitig zu einem gigantischen Pfeil zu verändern. Wiederum nur wenige Sekunden später formen sie sich ruckartig zu einem Dreieck zusammen oder jagen plötzlich alle zusammen nach oben zur Wasseroberfläche. Als würde sich irgendwo ein unsichtbarer Anführer mit einem Megafon in der Hand verstecken, der ihnen heimlich die Befehle entgegenbrüllt, die sie dann alle sofort brav ausführen.

Aber so einen gibt es natürlich nicht. So funktioniert die Meerwelt nicht. Das Ballett der Fischschwärme ist nur eines der vielen, vielen Geheimnisse, die die Landmenschen niemals enträtseln und verstehen werden, sagt Pap.

Ich verstehe es leider auch nicht. Aber ich verstehe bestimmt schon hundert Mal mehr als jeder Landmensch in meinem Alter. Was wissen die schon über uns und die Meere!

Warum denken Landmenschen zum Beispiel, dass die weitesten Weiten der Weite dunkel und leer sind? So was Dummes! Es ist so aufregend bei uns, dass es garantiert nie langweilig wird. Auch heute gucke ich begeistert beim Schwimmen hierhin und dorthin und entdecke immer wieder Neues.

Ups! Hilfe! Wie die zwei Haie, die sich uns gerade direkt über unseren Köpfen in ihrem typischen, Beute suchenden Zickzackkurs nähern!

„Pap!“, versuche ich so leise und so wenig panisch

wie möglich zu rufen. Man darf Haien nie zeigen, dass man Angst hat. „Paaaap!“

Nun schaut sich Pap endlich mal nach mir um. „Wo bleibst du denn, Alani?“ Er grinst. Ohne allerdings auch nur eine Spur langsamer zu werden. „Hast du nicht gut gefrühstückt heute Morgen? Wenn du nicht aufpasst, wirst du noch zum Haihappen werden!“

Haie suchen sich gern die am einfachsten zu erlegenden Opfer aus. Also kranke oder langsame Tiere, ähm – beziehungsweise Meermenschen.

Haihappen! Pap macht gern solche Witze. Wenn er nur wüsste, wie recht er heute hat!

„Pap!“ Ich rolle wild mit meinen Augen zum Wasser über uns hin. „Da! Da oben!“

Pap schaut hoch und endlich begreift er. Ein leichtes Zucken geht durch seinen starken Körper. Ich sehe, dass er seine Augen zusammenkneift und sein Gesicht einen harten, entschlossenen Ausdruck bekommt. Nein, man darf Tieren nie zeigen, dass man Angst vor ihnen hat!

„Hier rüber, Alani!“, kommandiert Pap und schiebt sich zwischen mich und die Haie.

Der erste der beiden Haie scheint nicht zu begreifen, dass Pap ganz und gar kein kranker oder langsamer Meermann ist. Er scheint im Gegenteil zu denken, dass Pap ein idealer kleiner Snack für zwischendurch ist.

Er hält direkt auf uns zu. Der Blick des Hais ist jetzt blutrünstig fokussiert, seine Pupillen verengt. Sein Maul mit den messerscharfen Zähnen öffnet sich.

Statt sich weiterhin weiträumig zickzackschwimmend zu nähern, ist das Vieh in einen pfeilschnellen, torpedogleichen Angriff übergegangen. In diesem Tempo wird der Hai spätestens in einer Sekunde die Brust meines Paps rammen.

Ich halte die Luft an und …

… und – PENG – knallt Pap dem Hai volle Kante meinen Koffer zwischen die Beißerchen. HOHO!

Der Hai guckt blöde wie ein Aal, dem gerade eine Zahnspange eingesetzt worden ist. Benommen taumelt er rückwärts.

Dank Mams kompakter Packtechnik besitzt mein Koffer etwa das Gewicht eines mittleren Felsbrockens. Was für ein Glück!

Pap hat seine grimmigste Miene aufgesetzt und hält den Koffer immer noch drohend vor sich. Doch der zweite Hai scheint nicht ganz so dumm zu sein. Er beobachtet seinen torkelnden Kumpel und setzt daraufhin schleunigst seinen Weg in die entgegengesetzte Richtung fort.

Ich atme erleichtert aus. Das war knapp!

Man darf hier unten im Meer nie zu sorglos sein. Aber solange Pap in der Nähe ist, fühle ich mich immer sicher. Da fällt mir ein, dass ich von jetzt an ohne Pap zurechtkommen muss, und ein Traurigkeits-Pikser zwickt in meinem Bauch.

Pap drückt schnell meine Hand, als hätte er gemerkt, woran ich denke, und nickt mir dann aufmunternd zu. „Komm, Alani! Wir dürfen nicht zu spät kommen."

Pap hat vom Internat einen genauen Einstiegszeitpunkt in den Strom genannt bekommen. Damit ich auch zur rechten Zeit am verabredeten Ausstieg ankomme.

Aber ich kann immer noch nicht mit Paps kräftigen Arm- und Flossenschlägen mithalten.

„Ich hätte doch Jinni für dich satteln sollen, was?" Pap zwinkert mir zu.

Ich lächele. Noch ein bisschen trauriger.

Von unseren Delfinen Abschied zu nehmen, hat beinahe noch mehr wehgetan, als alles andere zurückzulassen. Und Jinni und Lu schienen genau zu verstehen, dass ich nicht nur für einen kleinen Schulvormittag weggehe. Sie schnatterten und rieben ihre Nasen so aufgeregt und lange an mir, dass mir die Tränen aus meinen Augen sprudelten wie sonst nur die Luftblasen aus den Boxen der Delfine. Delfine spüren genau, was mit einem los ist.

Wann ich sie wohl alle wiedersehen werde?

Ich muss an die Abmachung mit Petin denken. Ob er wirklich kommen wird, wenn ich ihn anrufe?

Ach, natürlich kommt er! Petin ist furchtlos wie ein Tigerrochen und wird mich ganz sicher nicht hängen lassen!

Dann denke ich an die Südsee. An die Kelpwälder vor Hawaii. An all die Bilder, die wir in der Schule gesehen haben. Hach, so wunderschön …!

„Lani! Träumst du?" Pap guckt mich halb sorgenvoll, halb freundlich lächelnd an.

Er seufzt, lässt sich einen Augenblick treiben und wartet, bis ich neben ihm bin.

„Weißt du, Alani …", er streicht mir über die Haare, „… weißt du, man kann im Leben nicht immer das machen, was man möchte. Oder das, worauf man gehofft hat. Manchmal … manchmal muss man sich auch … den Dingen fügen."

Ich verstehe mal wieder nur Südseesand. Eltern

haben ja gelegentlich so merkwürdige fünf Minuten, in denen sie merkwürdiges Zeug mit einer merkwürdigen Stimme in merkwürdig unpassenden Situationen von sich geben.

Ich gucke Pap in die Augen und hoffe, dass er sich gleich etwas klarer ausdrücken wird. Wer soll sich fügen? Also, wenn er mich meint, ich füge mich jedenfalls nicht! Schon gar nicht in dieses dämliche Internat!

Aber mich scheint er gar nicht zu meinen!

„Weißt du …“, redet Pap leise weiter und guckt statt zu mir irgendwo weit in die Ferne, „… als du damals – ähm … als du noch ein Baby warst, da dachte ich …, also ich hatte gehofft, dass dieser Moment nie kommen wird. Aber … aber …“ Er seufzt wieder und verstummt.

„Ja, Pap?“, versuche ich ihn ebenso leise zu ermuntern weiterzureden und drücke sanft seine Hand. Was um alles in der Meerwelt will er eigentlich genau sagen?

„Ich will nur sagen …“, antwortet Pap, als hätte er meine Gedanken mal wieder erraten, „dass es nicht mein Wille ist, dass du von uns weggehst. Es ist … es ist …“ Er schluckt und sieht plötzlich richtig gequält aus. „Ich muss mich dem eben fügen. Verstehst du?“

Ob ich verstehe? Nein, ich verstehe überhaupt gar nichts.

Das ist ja genau das, was Petin und ich vermutet haben. Dass Pap nämlich gar nicht will, dass ich gehe. Aber wieso schickt er mich dann trotzdem weg?

„Und ich möchte, dass du noch etwas weißt, Alani!“ Pap hält mich jetzt mit beiden Armen vor sich und sieht mir nun doch tief in die Augen. „Ich möchte, dass du weißt, dass ich immer für dich da sein werde. Was auch immer passiert. Was auch immer dir Leute erzählen werden. Und wann immer du mich brauchst im Leben, hörst du! Vergiss das nie!“

Und dann drückt er mich so doll, als befürchte er, mich nie wiederzusehen. Dabei geht Pap doch davon aus, dass ich die Winterferien in drei Monaten zu Hause verbringen werde. Oder etwa nicht?

Ich bin etwas verunsichert. Ahnt Pap etwa, dass ich gar nicht in dieses dumme Internat Korallenkrone reise? Ahnt er, dass ich von jetzt an allein in der weiten Welt herumschwimmen werde? Ist er deswegen so ernst?

Wir kraulen eine Weile schweigend nebeneinanderher.

Nach einiger Zeit hören wir von Weitem dunkles Rauschen. Ein Rauschen, das immer gewaltiger wird. Lauter. Fast drohend.

Je mehr wir uns nähern, desto allumfassender wird der Ton. Bald müssen wir fast schreien, um uns zu verständigen. Mir wird etwas mulmig. Ich habe so etwas noch nie gehört.

Und dann sehe ich ihn. Kein Zweifel, das ist er. Dunkel, fast unheimlich und … einfach unfassbar riesig. Als er ob er uns gleich verschlingen wird!

Und das tut er ja auch. Zumindest mich.

„Der Strom!“, sagt Pap und lässt seine Arme sinken. „Wir sind da.“

abschied mit trostpäckchen

Ich stehe wie benommen vor dem reißenden Wasser. In sicherer Entfernung. Aber sogar von hier spüre ich den unglaublichen Sog und die Kraft. Die Kraft des gewaltigen Stroms.

„Keine Angst!“, sagt Pap und nimmt mich in den Arm.

Angst? Hab ich etwa ängstlich ausgesehen?

Ich räuspere mich schnell und versuche, mein Gesicht zu kontrollieren. „Ähm …, das ist also … der große …“

Dieses Wasser ist wirklich nicht mit den kleinen Stromausläufern bei uns in der Gegend zu vergleichen.

„Ja“, nickt Pap, „das ist der Kanarenstrom.“ Er lächelt mir aufmunternd zu. „Keine Sorge! Beim Einstieg helfen dir die Sicherheitsleute. Und wenn du erst drin bist, wirst du sehen, von innen sieht alles viel weniger gefährlich aus.“

Pff! Ich mache mir keine Sorgen! Was denkt Pap denn? Ich bin doch kein kleines Kind! Und überhaupt – gefährlich ist für Alani Baltico gerade gut genug!

Pap grinst. „Du wirst das schon schaffen, was?“

Und ob ich das schaffen werde! Reißende Ströme? Kleinigkeit!

Pap reicht mir den Koffer. Dann reibt er kurz über die Seite, an der eine ziemlich auffällige Delle zu sehen ist.

„Oh je!“ Er grinst noch breiter. „Sag bloß Mam nicht, dass ich mit deinem schönen neuen Koffer einem Haifisch die Zähne ausschlagen musste!“

Ich grinse zurück. „Kein Problem, Pap! Ich finde, mit der Beule sieht der Koffer viel mehr nach mir aus. Nicht so langweilig.“

In diesem Moment kommt ein Meermann auf uns zu, der unheimlich offiziell aussieht. Die Uniform, die er trägt, zeigt, dass er zum Stromsicherheitsdienst gehört. Diese Leute kontrollieren die Einstiege und die Ausstiege.

„Möchten Sie zum 14-Uhr-25-Einstieg?“, fragt er.

Pap nickt. „Meine Tochter reist nach Korallenkrone.“ Er deutet auf mich. „Wenn Sie ihr bloß Bescheid geben könnten, wo sie wieder aussteigen muss!“

Nein! Ich will doch gar nicht am richtigen Ausstieg aussteigen!

Der Meermann nickt. „Sicher, mein Herr! Machen Sie sich keine Sorgen, die junge Dame wird garantiert nicht verloren gehen!“

Pap lacht etwas gequält. Bestimmt findet auch er diesen aufgeblasenen Uniformmann ziemlich dämlich.

Ich lächle noch gequälter. Wie schaffe ich es denn nun bloß, dort auszusteigen, wo ich will, und nicht da, wo ich aussteigen müsste, ohne dass der Uniformierte das mitkriegt?

Jetzt holt der Kerl auch noch eine Pfeife aus der Tasche und bläst dreimal schrill hinein. Mein Herz macht einen Satz.

„Es geht los!“, sagt Pap und kann ein Seufzen nicht unterdrücken. „Alani, Liebling, alles Gute! Und …“, er sieht mir tief in die Augen, „… kämpf nicht gegen alles an, ja? Versuch, dich einzugewöhnen, auch wenn …“, er macht eine kleine Pause, „… auch wenn dort nicht alles so ist, wie wir das – äh – gewohnt sind.“

Ich kräusele die Stirn. Er geht also doch davon aus, dass ich in jedem Fall brav in dieses Glitzerkuh-Lager abschwimme?

Pap reibt meine Stirn grinsend wieder glatt. „Mach

es dir nicht so schwer, Lani! Dort sind bestimmt auch nette Mädchen. Mam hat sicher recht.“ Er seufzt noch mal. So tief, als wäre es eher er, der es von jetzt an schwer haben wird.

Dann drückt er mir etwas in die Hand. Ein kleines Paket.

Ich wickele es schnell aus und – OH, EIN MUSCHELFON! In total sandig coolem Leopardenfisch-Design!

„Pap!“ Ich fliege ihm an den Hals und drücke ihn, so fest ich kann. „Danke!“

Ich gucke das kleine Ding in meiner Hand an. Meine Meerwelt, das muss Pap ein perliges Vermögen gekostet haben!

Und eigentlich findet er Muschelfone sowieso total überflüssig. Städterschnickschnack!, nennt er all

so einen Kram. Deswegen hat er sich bis jetzt auch immer geweigert, mir eins zu kaufen.

„Ich dachte“, meint Pap, „damit du uns jederzeit anrufen kannst. Und natürlich für Notfälle. Und – und überhaupt.“

„Danke!“, hauche ich noch mal überwältigt. Damit habe ich wirklich nicht gerechnet.

Juchhu! Ich fühle mich plötzlich einen Riesenschritt erwachsener als vorher.

Aufgepasst, Wasserwelt! Hier kommt Alani! Mit neuem Koffer und eigenem Muschelfon! Hurra!

Der Uniformtyp wirft uns einen drängenden Blick zu.

„Ja, ja! Nur noch ein Flossenschlag“, ruft Pap zu ihm rüber. Dann streicht er mir zum Abschied noch einmal zärtlich übers Gesicht. „Alles Gute, kleines Meerkind!“

Ich sage lieber gar nichts. Ich drücke Pap nur einmal kurz ganz fest an mich und schwimme hastig mit meinem Koffer in der Hand zum Stromeinstieg. Mein Hals fühlt sich komisch dick und drückend an. Ich fürchte, dass meine Stimme sowieso nicht funktionieren würde.

Zwei andere Stromsicherheitsmeermänner hieven mich so schnell in die Strömung, dass ich gar nicht richtig merke, dass ich schon drin bin und

– hui – auch schon in rasendem Tempo davonrausche.

Pap! Auf Wiedersehen!

Ich kann ihm gerade noch zuwinken, bevor ich ihn in der Ferne kleiner und kleiner werden sehe.

Auf Wiedersehen, weiteste Weiten der Weite! Auf Wiedersehen, altes Leben! Von heute an wird alles anders werden …

rauschende reise

Alle Meeresbewohner benutzen die Ströme zum Reisen. Nicht nur wir Meermenschen, sondern auch die Fische. Dementsprechend voll ist es im Strom.

Ich brauche einen kleinen Moment, bis ich herausgefunden habe, wie man hier drin am besten das Gleichgewicht hält. Aber ich merke, wenn man den Kniff erst mal raus hat, ist es eigentlich ganz leicht, sich von der Strömung tragen zu lassen.

Ich suche mir einen halbwegs gemütlichen Platz auf einer großen Miesmuschel, lege mich bäuchlings auf meinen Koffer und beobachte die Meerleute um mich herum.

Ein paar Familien mit kleineren, noch nicht schulpflichtigen Kindern, vermutlich auf dem Weg in die verspäteten Sommerferien, haben es sich am Rand bequem gemacht. Von ihren Müttern ängstlich beobachtet, planschen und trudeln die Kleinen auf den Stromschnellen herum.

„Vorsichtig! Nicht so dicht an den Rand, Troven!"

„Pass doch auf! Mach keine so hastigen Bewegungen, Kelja!“

Aber Kelja hat schon ungewollt einen doppelten Salto hingelegt – die Sogkraft hier ist nicht zu unterschätzen! – und heult vor Schreck jetzt bitterlich. Und Troven konnte von seinem Vater gerade noch vom Rand weggefischt werden, bevor er ohne Zweifel tatsächlich aus dem Strom gefallen wäre.

Ich grinse vor mich hin. Ist ziemlich nett, mal ohne Eltern unterwegs zu sein! Kein Mensch, der einem was vorschreiben kann. Ob ich mal einen gewollten Salto probieren sollte?

Ich breite meine Arme rechts und links aus und segle so pfeilschnell durch die Strömung. Nur eine klitzekleine Bewegung mit den Händen nach oben, schon rausche ich drei Meter höher. Einen Arm einen winzigen Zentimeter weiter angelegt und ich zische ab zur Seite. Ups, ich muss aufpassen, dass ich keine alte Meeromi oder spielende Kinder umniete. Aber – uiii – macht das Spaß!

Außer Atem kuschele ich mich nach einer Weile wieder auf meinen Koffer und schaue mich weiter um.

Etwas entfernt sitzt eine Gruppe Geschäftsreisender. Leicht zu erkennen an den tragbaren Muschelmonitoren auf ihrem Schoß und den seegrüngrasig gemusterten Anzügen. Wie kann man nur den ganzen Tag lang in Felsbüros hocken und Anzüge tragen? Also ehrlich! Wo man doch auch durch die ganze Meerwelt schwimmen und wilde Abenteuer erleben könnte!

Dieser Gedanke lässt eine kleine Glückskugel in meinem Bauch entstehen. Ob Petin und ich wohl wirklich wilde Abenteuer erleben werden?

Ein kleines Stück vor mir hockt ein Mädchen – etwa in meinem Alter – mit angezogener Schwanzflosse auf einem Koffer. Ebenfalls allein. Ihren dunklen Lockenkopf in beide Hände gestützt, starrt sie das rauschende Wasser um sich herum so böse an, als wollte sie es gleich auffressen.

Hm, ist das überhaupt ein Mädchen? Sie trägt zwar einen Rock, hat aber so kurze Haare, wie ich sie noch nie bei einem Meermädchen gesehen habe. Rotziger Rattenfisch, ist das am Ende vielleicht ein Junge? Und kommt der vielleicht von den schottischen Gewässern runter? Dort oben tragen sie doch Röcke, soviel ich weiß.

Nun hebt sie – oder er –

den Kopf und sieht, dass ich sie – oder ihn – beobachte.

„Was ist los?“, werde ich auch schon angeraunzt. „Hast du noch nie zwei Arme, einen Kopf und eine Schwanzflosse gesehen?“

Hui, stinkendes Seegras! Die ist ja heftig drauf!

Immerhin bin ich mir jetzt ziemlich sicher, dass das tatsächlich ein Mädchen ist. Auch wenn sie düster guckt, ihre Stimme ist so hell wie Glockengebimmel. Aber nicht halb so einladend.

„Wenn du nichts Besseres zu tun hast, glotz doch anderen Leuten ein Loch in ihre Schuppen!“

Ja, ja, ist ja schon gut! Meine Meerwelt! Die hat die Freundlichkeit aber wirklich nicht mit Austern geschlürft!

Ich gucke schnell in eine andere Richtung und tue so, als hätte ich überhaupt nicht gehört, was sie gesagt hat. Hab keine Lust, mir mit ihrer schlechten Laune die Reise verderben zu lassen! So was!

Ich atme tief aus und versuche, mich auf was anderes zu konzentrieren.

Nur ein paar Meter entfernt von dem kurzhaarigen Lockenmädchen liegen zwei andere Meermädchen nebeneinander auf ihren Koffern und drehen und wenden sich im Sog des Stroms so leicht und elegant, als hätten sie ihr Leben lang nichts anderes getan. Dabei erzählen sie sich anscheinend die lustigsten Sachen, denn sie kichern und glucksen die ganze Zeit vor sich hin.

Kriege fast ein bisschen Sehnsucht mitzulachen. Ist ganz schön blöd, wenn man überhaupt keinen kennt!

Aber mit ihren Eltern scheinen die auch nicht zu reisen. Erstaunlich, wie viele hier in meinem Alter ohne Begleitung sind.

Ob die beiden wohl nach Korallenkrone reisen? Pap sagte ja, dass alle Mädchen am Ausstieg zum Internat zusammen abgeholt werden und dass deswegen auch alle gleichzeitig anreisen. Vielleicht gehören die beiden dazu?

Ich gucke sie mir genauer an. Ja, hm, etwas perlmuttglitzerig sehen sie schon aus. Kettchen hier und Kettchen da. Wie kann man nur so viel Gefummel an sich rumbaumeln haben? Dieses Zeug behindert einen doch bloß beim Reiten!

Aber die beiden da reiten vermutlich sowieso allerhöchstens Seepferdchen!

Ich schüttele den Kopf und wünschte, Petin wäre hier. Dem würde bestimmt was Verrücktes einfallen, was wir machen könnten! Uhuu, da würden die beiden Glitzermädchen da vorne aber gucken!

Weit über mir sehe ich im heller schimmernden

Wasser etliche Delfine mit Reitern im Strom dahinjagen. Wie Pfeile schießen sie über uns hinweg.

Delfine sind an sich ja schon nicht gerade langsam, aber wenn sie auch noch einen Strom wie diesen als Unterlage haben, dann erreichen sie wirklich atemberaubende Geschwindigkeiten.

Sofort kribbelt mein Bauch abenteuerlustig. Sieht das schön aus! Ach, wie gern würde ich jetzt auf Jinni dort oben dahinfegen! Was für eine Gelegenheit das wäre, was für ein Ritt! So etwas haben sogar Petin und ich noch nie gemacht! Die kleinen Ströme bei uns sind ja soo viel langsamer.

Aber stattdessen muss ich hier unten mit dusseligen Spangen im Haar brav und langweilig als Stadtfisch verkleidet reisen! Oh, was für ein matschiger Makrelenmist!

Ich muss wohl ziemlich sehnsüchtig ausgesehen oder möglicherweise zu laut geseufzt haben, denn den Meerjungen neben mir bemerke ich erst, als er was sagt.

„Schätze, das ist die neu gezüchtete Delfin-D-Klasse! Donnerpfeil-Delfine! Mit 300 Schwanzschlägen in der Minute und verbesserter Aquadynamik im Schnauzenbereich. Zischender Meermann, die gehen ab wie Wasserraketen, was?“ Er staunt bewundernd hoch. Dann guckt er zu mir rüber. „Die sind schon ’ne Klasse besser als die popeligen Volks-Delfine!“ Er lächelt mich auffordernd an. „Oder was denkst du?“

Äh, wie? Was ich denke? „Ja, ich … denke, das … äh … stimmt.“ Du meine Güte, woher weiß der denn so viel über Delfine?

Der Junge grinst zufrieden. „Ich bin übrigens Polo.“ Er streckt mir seine Hand hin. „Bin auf dem Weg zurück zur Schule.“ Er zieht eine kurze Grimasse, die wohl andeuten soll, dass er Schulen im Allgemeinen nicht allzu begeisternd findet, und redet dann höflich weiter. „Bin in Redriff. Kennst du?“

Ich schüttele verneinend den Kopf.

Der Junge trägt extrem modische Klamotten. Marke Superteuer. Nicht, dass so’n Kram mir was bedeuten würde, aber blind bin ich ja nun auch nicht.

Er lächelt wieder. Jetzt allerdings eine kleine Spur überheblich. „Du kennst Redriff nicht? Das kennt doch wirklich jeder!“ Dann mustert er mich von oben bis unten. So, als ob er checken wollte, ob vielleicht die Möglichkeit besteht, dass ich nicht zu JEDER gehöre.

Meine Klamotten wurden von Mam zwar (überflüssigerweise) frisch gebügelt und sind (ausnahmsweise) mal ohne Löcher oder Matschflecken, aber doch eher Marke Praktisch-und-Preiswert. So dicke haben wir's wirklich nicht und Pap kauft lieber einen neuen Delfin als blödsinnig überteuerte Klamotten. Worüber ich nur froh bin!

Der Junge verzieht nachdenklich den Mund. „Hm, also Redriff zu kennen, gehört wirklich zur Allgemeinbildung!"

Ich kriege das doofe Gefühl, dass ich keinen überwältigenden Eindruck auf ihn mache.

Immerhin bequemt er sich aber noch zu einer weiteren Frage. „Und wo schwimmst du hin?"

„Ich?"

Versuche, Zeit zu gewinnen, weil ich nicht weiß, was ich darauf antworten soll. Oder will. Weil ich natürlich eigentlich auf dem Weg nach Korallenkrone bin. Oder eben nicht. Und außerdem: Was geht's ihn an, wo ich hinschwimme!

Polo tut so, als würde er sich umgucken, ob da noch jemand ist. Dann zieht er ein abfälliges Gesicht. „Ja, du! Wer sonst? Siehst du noch andere Hinterwäldler? Also? Wohin schwimmst du?"

„Weit weg", sage ich schnippisch, weil der Kerl anfängt, mir auf die Nerven zu gehen.

Hinterwäldler? Frechheit! Dass ich aus den weitesten Weiten der Weite komme, wo es die allerdichtesten Kelpwälder gibt, bedeutet noch lange nicht …

Moment! Woher weiß der das überhaupt?

Gucke unsicher an mir runter. Sieht man mir das auf den ersten Blick an? Oder hat Mam etwa *Achtung: Weiteste-Weiten-Meermädchen*! hinten auf meine Jacke geschrieben?

„Weit weg, aha“, wiederholt Polo und lächelt nicht mehr. „Wie auch immer. Tut mir leid, dass ich dich angesprochen habe.“

Er guckt mich jetzt mit offener Ablehnung an. „Ich dachte nur, dass du vielleicht auch ins Internat schwimmst. Dann hätten wir nämlich zusammen weiterreisen können. Aber …“ Er wirft mir einen so abfälligen Blick zu, dass ich richtig ärgerlich werde. „Aber ich hab mich offensichtlich geirrt. Ganz offensichtlich gibt es da, wo du herkommst, auch keine höflichen Umgangsformen. Wie sollt ihr sie auch lernen, wenn alle drei Tage allerhöchstens mal ’ne Alge bei euch vorbeigeschwommen kommt!“

Er grinst ganz widerlich frech, als hätte er einen besonders komischen Witz gerissen. „Na ja, jedenfalls nehme ich an, den Namen Korallenkrone hast du ebenfalls noch nie gehört.“

Ups, er kennt Korallenkrone? Und seine Schule ist offensichtlich ganz in der Nähe?

Aber wie redet der eigentlich mit mir? So was! Beleidigt mich und tut gleichzeitig so, als wäre er wunder wie unterhaltsam!

Was bildet der sich denn ein, wer er ist? Aufgeblasener Mini-Feuerschwanz! „Ich kenne den Namen Korallenkrone sehr gut, du matschbackige Minimakrele!“ Wenn ich wütend werde, sortiere ich meine Wörter nicht mehr ganz so gut. „Aber wer hat schon Lust, da hinzuschwimmen, wenn hochnäsige Fischaugen wie du dort rumplanschen!“

So, jetzt hab ich’s ihm aber gegeben!

Polo guckt auch wunderbar verdutzt. Geradezu wunderbar glupschäugig blöde verdutzt. Wie ein Walross, das beim Gähnen von einem Muschelmonitor-Team überrascht worden ist. Schön!

Muss über meinen Erfolg innerlich lächeln.

Wer ebenfalls lächelt, aber ziemlich äußerlich, ist die lockig kurzhaarige Meerkröte vor mir. Anscheinend hat sie nun mich beobachtet. Und das, was sie gesehen und ohne Zweifel gehört hat, hat ihr auf jeden Fall besser gefallen als diesem überheblichen Polo.

Mit ein paar leichten Flossenschlägen kommt sie zu uns rüber. Huch! Heiliges Seepferdchen! Aber zum Glück hat sie immer noch ein Lächeln im Gesicht!

„Ich schwimme nach Korallenkrone“, mischt sich die Lockenkröte jetzt ein. Ihre glockenhelle Stimme steht in krassem Gegensatz zu ihrem knallig frechen Aussehen. „Und ich heiße übrigens Tay.“

Tay, ein Holzschläger und eine böse Überraschung

„DUUU schwimmst nach Korallenkrone?“ Polo und ich können unsere Überraschung beide nicht verbergen.

Ich hätte nicht gedacht, dass es Meermädchen wie diese Tay dort gibt! Sie sieht wirklich mehr aus wie ein Junge, kein bisschen glitzerfischmäßig.

Eigentlich finde ich sogar, dass sie richtig klasse aussieht. Fast abenteuerlich. Wenn sie ein bisschen netter gewesen wäre, hätte ich möglicherweise sogar gern mit ihr geredet. Na ja, jetzt redet sie jedenfalls mit uns.

„Ja, ich. UND?“ Sie hat ihre Hände in die Hüften gestemmt und guckt uns angriffslustig an.

Polo versucht nicht mal, seine Überraschung zu überspielen. „Dann musst du neu sein. Ich hab dich noch nie auf dem Campus getroffen.“

Tay guckt noch nicht freundlicher. „Da hast du aber Glück gehabt! Sonst hättest du nämlich vermutlich schon ein paar Beulen im Gesicht. Bei den dämlichen Sprüchen, die du loslässt! Und – ja – ich bin neu. Was dagegen?“

Ich kann einen kicherigen Gluckser nicht unterdrücken. Beulen im Gesicht! Das würde dem Feuerschwanz recht geschehen!

Tay deutet mein Glucksen richtig. Ihre Mundwinkel zucken verdächtig und sie guckt mich fast verschwörerisch an. Ein kleiner gemeinsamer Feind verbindet anscheinend ungemein!

Polos Mundwinkel zucken kein bisschen. Schon gar nicht amüsiert. Aber er versucht sein Bestes, cool zu bleiben. „Na, ihr seid ja ein paar Seeschnecken!“

Zur Sicherheit macht er allerdings einige unauffällige Paddelbewegungen rückwärts.

Als Antwort grinst Tay nun ganz offen. Und ich lasse mein Lächeln ebenfalls raus. Punkt für Tay und mich, Sieg auf ganzer Linie! Dieser kleine Fisch-Snob ist mundtot.

Tay und ich sehen uns das erste Mal vergnügt an. Und ich kriege das nette Gefühl, dass dieses grummelige Meermädchen echt ein Mädchen nach meinem Geschmack sein könnte. Mumm hat sie jedenfalls!

„Ach, guckt mal, was ist das denn?“, fragt Tay

jetzt und hebt einen elegant geschwungenen Holzstock mit Griff und einem dicken halbrunden Teil am unteren Ende hoch, der an Polos Koffer befestigt war.

„Finger weg!", schreit Polo sofort und paddelt schnell wieder ein paar Meter näher ran. „Das ist mein Poloschläger! Der ist mehr als zweihundertfünfzig Perlen wert!"

„So, so, zweihundertfünfzig Perlen", wiederholt Tay mit betont überrascht aufgerissenen Augen und wiegt den Schläger in ihren Händen hin und her. „Das ist ja wirklich beeindruckend!"

Ich kichere. Es ist so klar wie Tintenfischbrühe, dass sie kein Stück beeindruckt ist.

„Hände weg!", verlangt Polo noch mal.

Aber das scheint Tay nur anzustacheln.

„Ein Poloschläger", murmelt sie in gespielt bewunderndem Ton, als handele es sich um die Kronjuwelen des letzten Königs der Weltmeere. „Na, ist denn das zu fassen!"

Polos Gesicht sieht leicht besorgt aus. Man merkt, dass ihm das Ding am Herzen liegt.

Tay zieht eine leere Brotdose aus ihrer Jackentasche und lässt sie ein Stück vor sich her treiben. Dann dreht sie sich grinsend zu uns um und schwingt den Schläger ein wenig hin und her. „Was meint ihr, ob ich die wohl bis ganz da hinten zu dem großen Gepäcknetz schießen kann?“

Sie holt aus und …

„NEIN!“, schreit Polo auf. Mit einem Satz ist er bei ihr, greift zu seinem Schläger und hält ihn fest. „Bist du irre? Wenn da ein Kratzer reinkommt, dann …“

„Dann?“, fragt Tay ganz harmlos und guckt ihn richtig freundlich an.

Ich muss noch mehr kichern. Polos Gesicht sieht zu komisch aus. Ganz offensichtlich hat er keine Ahnung, wie er mit einem Meermädchen wie Tay umgehen soll.

Tay scheint, was ihn angeht, weniger Probleme zu haben. „Na, mein Lieber? Was dann?“

Polo atmet heftig. Ohne Zweifel ist er stinkwütend darüber, dass jemand es wagen kann, seinen wertvollen Schläger zu benutzen, traut sich aber nicht wirklich, noch mehr Streit mit Tay anzufangen. Stattdessen zerrt er nur grimmig an der Holzstange.

Aber Tays Griff ist stärker. Sie ziehen und zerren beide wie verrückt um die Wette. Dann lässt Tay ganz plötzlich los und – WUTSCH – flutscht Polo mit seinem Zweihundertfünzig-Perlen-Schläger in der Hand mindestens fünf Meter nach hinten.

Er braucht eine Weile, um sich wieder aufzurappeln und in der Strömung sein Gleichgewicht wiederzufinden.

Ich gebe mir alle Mühe, ein noch stärkeres Glucksen zu unterdrücken.

„Wag das nicht noch mal“, droht Polo, als er wieder bei uns ist, „du … du …!“

„Ich? Ich – was?“, fragt Tay zuckersüß mit ihrer glockenhellen Stimme zurück.

„Ach … pah!“, macht Polo da nur und verstaut seinen wertvollen Schläger wieder sorgfältig an seinem Koffer.

„Und wie heißt du?“, fragt Tay nun in meine Richtung.

„Ala–“, will ich gerade freundlich antworten.

Doch genau in diesem Moment übertönt ein gellender Schrei meine Antwort.

Mein Meerherz! Die Meerfrau neben uns hat ihre Augen angsterfüllt aufgerissen und deutet entsetzt nach vorne. Gleich danach kreischen auch schon etliche Kinder und weitere Frauen. Und nur wenige Sekunden später ist der ganze Strom ein einziges Chaos.

Eine Riesenmuräne ist unbemerkt in die Reisezone für Meermenschen geraten!

Das Maul mit den spitzen Zähnen weit geöff-

net, treibt die schlangenartige, unheimliche Gestalt plötzlich wie ein lauerndes Gespenst mitten zwischen den Reisenden. Bereit, alles zu verschlingen, was sich bewegt.

Panik greift in wenigen Atemzügen um sich!

Meermütter stürzen sich schützend über ihre kleinen Kinder. Geschäftsleute verschanzen sich zu Tode erschrocken hinter ihren Muschelmonitoren. Alle versuchen, hektisch nach oben oder unten zu entkommen, doch die meisten stolpern in dem Gewirr nur übereinander und untereinander.

Der Kopf der Muräne mit den runden Glotzaugen und den weit geöffneten Nasenlöchern ist fürchterlich. Es ist klar, dass dieses Tier nicht aus Zufall hier gelandet ist. Nein, die fast drei Meter lange Seeschlange ist nur aus einem einzigen Grund in den Strom eingedrungen: Sie will Beute machen. Schnelle Beute. Fleischige Beute. Und so gierig, wie sie aussieht, wird sie damit nicht mehr lange warten!

Polo, Tay und ich treiben schockgefroren im Wasser. Keiner von uns bewegt sich.

Die Panik um uns herum nehmen wir nur langsam wahr. Das, was wir stattdessen sehr deutlich wahrnehmen, ist das spitze, bösartig aufgerissene Maul nur ein paar Meter vor uns.

Killermuränen gehören zu den gefährlichsten Jägern unter Wasser! Dagegen ist ein Hai bloß ein Spielzeug!

„Wo ist denn der Sicherheitsdienst?", brüllt ein Meermannvater mit einem heulenden Baby auf dem Arm.

Ja, das wüsste ich auch gern. Es scheint, wir sind auf uns selbst angewiesen. Brüllen wird nicht helfen.

Ich schiele, ohne mich zu bewegen, vorsichtig zu Tay und Polo rüber.

Polo sieht aus, als würde er gleich ohnmächtig werden, und Tay hat wieder ihr Beißgesicht aufgesetzt. Meine Meerwelt! Sie wird doch nicht wirklich der Muräne die Zähne in den Hintern hauen wollen?

Ich bin echt kein Schmuseschwamm-Meerbaby, aber – OH! – ich wünschte, Pap wäre jetzt hier! Pap wüsste, was zu tun ist!

Er ist aber nicht hier. Ich atme aus und versuche, ruhig zu bleiben. Ich weiß genau, Panik hilft nie. Das sagt Pap auch immer. Trotzdem merke ich, wie meine Schwanzflosse anfängt zu zittern. Wen die Muräne wohl als Erstes attackieren wird?

Genau da purzelt ein kleines Meermädchen, vielleicht vier oder fünf Jahre alt, von irgendwo oben herunter. Der Killerbestie direkt vor das aufgerissene Maul. Oh mein Meerherz!

Die Mutter der Kleinen schreit entsetzt auf und will sich sofort hinterherstürzen, wird aber von ihrem Mann grob zurückgehalten. Sie schreit und windet sich verzweifelt, doch ihr Mann ist stärker.

Polo, Tay und ich beobachten die Szene mit angehaltenem Atem.

Das kleine Meermädchen strampelt ein wenig im Strom, um ihr Gleichgewicht wiederzufinden. Dann dreht sie sich um, sieht das gespenstische Gesicht der Muräne nur eine Flossenlänge vor sich und – brüllt auch schon los!

„Ruhig, ruuhig!“ Ein paar der Meerleute rundherum versuchen, der Kleinen gut zuzureden. „Komm, komm, schwimm zu uns rüber! Komm her!“

Sie strecken dem Meermädchen die Hand aus, aber alle sind viel zu weit entfernt, um an sie ranzureichen. Und näher scheint sich keiner zu trauen.

Tays Gesicht verdunkelt sich immer mehr. Ihre Augen sind finster zusammengekniffene Schlitze, ihre Stirn ein einziges Knitterfeld.

„Die Kleine sollte nicht so laut schreien", höre ich Polo neben mir murmeln. „Das mögen Muränen nicht. Es irritiert sie. Sie beißt bestimmt gleich zu."

Meine Schwanzflosse zittert inzwischen wie Quallenpudding. Es ist mir sogar egal, ob das jemand sieht. Das kleine Meermädchen hat genau die richtige Größe für das gierige Maul der riesigen Muräne. NEIN! Nein, nein, nein! Warum tut denn keiner was! Schnell!

Und dann tut tatsächlich jemand was. Nämlich die Muräne. Sie schnellt mit einem Ruck nach vorne und – schnappt zu!

kampf um leben und tod

Das kleine Meermädchen schreit so fürchterlich, dass mir ganz schlecht wird.

Bei allen Schrecken der Weltmeere! Sie ist im Maul einer Killermuräne!

Die Augen der Bestie schillern grell vor Gier. Der endlos lange, schlangenartige Schwanz schlägt erregt um sich. Es sieht fast so aus, als tropfe die Vorfreude auf ein schmackhaftes Mahl der Muräne aus allen ekligen Poren.

Mein Magen fühlt sich an wie Quallenpüree. Panik, Entsetzen und vor allem eine tiefe Hilflosigkeit durchfluten meinen Körper. Ich atme nur ruckartig.

Bis eben hat Tay genauso bewegungslos im Wasser gehangen wie Polo und ich. Doch nun kommt Bewegung in sie. UND WIE!

Mit einem Gesichtsausdruck, der entschlossener ist, als ich es je bei jemandem gesehen habe, peitscht sie ihre Schwanzflosse ins Wasser und schießt auf die Muräne zu. Fast gleichzeitig holt sie auch schon mit ihrem Arm weit aus und donnert ihre geballte Faust mit voller Wucht der Bestie auf den Kopf.

Ich kann es nicht glauben! Ist sie verrückt? Das Vieh wird ohne Zweifel gleich Tay attackieren!

Doch das scheint das lockige Meermädchen nicht im Mindesten zu stören. Mit aller Kraft lässt sie nun beide Fäuste zusammen noch ein zweites Mal auf den Kopf der Muräne knallen.

Das wirkt. Beim zweiten Schlag klappt das gefährliche Maul auf wie eine Schrankklappe, die nur einen energischen Schubs brauchte, und gibt das kleine Meermädchen frei.

Leider ist eine Seeschlange aber kein harmloses Möbelstück. Die gierigen Glotzaugen fallen dem Riesenvieh vor Überraschung und Schmerz fast aus dem Kopf. Der Ausdruck im Gesicht der Bestie zeigt eine beinahe irre Wut.

Tays Miene dagegen sieht immer noch wild und entschlossen aus. Kein Zeichen von Angst oder Unsicherheit.

Ich sehe, wie Polo nach dem schreienden Meermädchen greift und es eilig wegzieht. Gut! Die Kleine ist gerettet. Aber was ist mit Tay?

Ich bin so starr vor Schreck, dass ich in den letzten zwanzig Sekunden überhaupt nicht mehr geatmet habe. Als das kleine Mädchen jetzt frei neben

Polo im Wasser treibt, atme ich das erste Mal erleichtert aus. Sauge meine Lungen aber gleich wieder entsetzt voll, als ich den Blick der Muräne auf Tay gerichtet sehe. Gütiges Meerwasser! Ein fürchterliches Blutbad ist vorprogrammiert!

In diesem Augenblick schnappt das drohende Maul wieder erbarmungslos zu.

Tay schreit auf und versucht, ihren Arm wegzureißen, aber der hängt fest zwischen den sechs Reihen der messerscharfen, spitzen Zähne.

Ich denke jetzt nichts mehr. Weder ans Atmen noch an meine Angst. Ich sehe nur Tay um ihr Leben kämpfen.

Ohne Plan schieße ich nach vorne und attackiere die Schlange – wie Tay vor mir – mit meinen bloßen Händen. Nur dass ich anscheinend nicht halb so viel Kraft habe wie sie. Die Schlange jedenfalls zuckt nur ein winziges bisschen, lässt sich aber sonst kein Stück von Tay ablenken.

Egal. Ich hämmere weiter wie wild auf ihren Körper ein.

Um mich herum höre ich Meerleute schreien. Was sie schreien, weiß ich nicht.

Mir ist klar, dass es total albern ist zu hoffen, dass ich mit meinen Händen eine Killermuräne besiegen könnte, ja, dass überhaupt irgendjemand das könnte! Aber kann ich deswegen tatenlos zusehen, wie so ein Biest direkt vor mir ein Meermädchen verspeist?

NEIN!

Ich spüre, wie irgendjemand an mir zerrt und versucht, mich zur Seite zu drängen. Doch das Maul der Muräne hängt immer noch an Tays Arm. Die Schlange kann es also nicht sein. Das ist alles, was mich interessiert. Ich versuche, die Last abzuschütteln, aber ich kann mich nur noch wenig bewegen. Ärgerlich schaue ich mich um und sehe direkt neben mir … Polo!

In seiner rechten Hand schwingt er seinen Poloschläger wie ein Lasso rund- und rundherum. Das kompakte Schlagholz am Ende entwickelt durch das Herumschleudern im Wasser eine solche Kraft, dass weite Wellen zu beiden Seiten hin entstehen.

Oh, wenn das Teil auf den Kopf der Schlange knallt, hat garantiert ihr letztes Stündlein geschla-

gen! Marinierte Makrelenbrust! Das Ding hat bestimmt die fünfzigfache Wucht von meiner oder sogar von Tays Faust.

„Zur Seite!“, brüllt Polo. „Aus dem Weg! Das Vieh kann sein Testament machen!“

Sein kostbarer Poloschläger!, schießt es mir noch durch den Kopf, bevor das Holzstück auf den Schädel der Muräne donnert. Er riskiert seinen geliebten Poloschläger! Es gibt also doch Dinge, die ihm noch wichtiger sind.

Man hört ein scheußlich dumpfes Krachen, als der Schläger die Bestie trifft. Tay gelingt es, ihren Arm aus dem Maul zu reißen, und sie torkelt ein paar Schwimmzüge nach hinten. Ich fange sie auf und ziehe sie vorsichtig weiter weg.

Doch zwei Sekunden genügen für Tay, um sich wieder zu fangen. Energisch strampelt sie sich von meinen helfenden Armen los.

„Polo!“, ruft sie und schaut entsetzt zu dem wild kämpfenden Meerjungen hin. „Wir müssen ihm helfen! Alleine schafft er das nicht. Los, du von links und ich von rechts!“

Ohne auf meine Zustimmung zu warten, schwimmt sie schon wieder mit kräftigen Armzügen los.

Und ich hinterher. Was sollte ich auch sonst tun?

Polo hat seinen Schläger inzwischen mindestens

ein Dutzend Mal auf den Körper der Muräne heruntersausen lassen. Das Vieh ruckt und zuckt, duckt und windet sich unter den harten Schlägen, lebt aber noch.

Tay und ich sehen uns beide automatisch nach weiteren Waffen um beziehungsweise nach Dingen, die wir als solche benutzen könnten. Direkt neben Tay treibt eine Reiseteekanne im Wasser, die jemand wohl vor Schreck hat fallen lassen, und das Erste, was mir in den Blick kommt, ist ein Netz mit Meerkartoffeln. Wir greifen beide ohne zu zögern zu.

Doch als wir jetzt, unsere Schlagwaffen bedrohlich schwingend, wieder auf die Killermuräne zuhalten, scheint das zu viel für sie zu sein. Ihre Glupschaugen starren uns eine Sekunde lang hasserfüllt an und ich kann fast schon ihre spitzen Zähne an meinem Körper spüren. Doch dann scheint sie es sich anders zu überlegen und mit drei, vier blitzschnellen Schwanzschlägen schlängelt sie davon. Zur Seite des Stroms hin und – PENG – aus der Strömung heraus. Wir können das Biest gerade noch ein paar Sekunden lang sehen, bevor wir mit der Stromgeschwindigkeit weitergeschossen sind.

Tay, Polo und ich lassen unsere Waffen sinken und sehen uns an. Erschöpft und atemlos.

Polo ist der Erste, dessen Gesicht sich langsam entspannt und dessen Mund ein kleines Lächeln zeigt. „Zischender Meermann!“ Er sieht uns nacheinander in die Augen. „Ihr beiden seid echt die knalligsten Seeschnecken, die mir je begegnet sind! Und …“ Hier macht er eine Pause, lächelt jetzt breiter und streckt uns dann die Hand hin. „… und ich freue mich total, dass ich euch getroffen habe!“

Tay und ich prusten los. Wir können einfach nicht anders. Die Situation ist zu irre! Gleichzeitig ist es so wunderbar zu fühlen, wie sich die Anspannung löst. Die Gefahr ist vorbei! Wir könnten auch heulen. Aber lachen ist schöner!

Und dann schütteln wir uns nicht nur die Hände, sondern umarmen uns wie alte Freunde. Wir leben noch, juchhu!

delfinpolo-berühmtheiten

Die Meerleute, die jetzt aus allen Richtungen auf uns zuschwimmen, reden alle durcheinander und feiern uns wie Helden.

Na ja, ich schätze, ein bisschen sind wir das wohl auch. Immerhin hat außer uns überhaupt niemand etwas getan oder zumindest versucht zu tun! Außer der Mutter des kleinen Meermädchens natürlich. Aber die ist ja von ihrem Mann zurückgehalten worden.

Endlich kommen auch Stromsicherheitsleute und schwimmen hektisch hierhin und dorthin und befragen alle Meerleute, die sie zu fassen kriegen. Und dann kommen sie auf uns zu. Weil alle ihnen natürlich das Gleiche erzählt haben. Wie Tay und Polo und ich nämlich erst das kleine Mädchen und dann Tay aus den Fängen der Bestie befreit haben. Und deshalb sprechen sie uns jetzt auch ihr Lob aus und reden sogar von irgendeiner Belohnung für außergewöhnlichen Mut und so.

Aber eine Belohnung ist mir gar nicht wichtig.

Wichtig ist, dass Tay lebt und dass das kleine Mädchen unversehrt und zurück in den Armen ihrer Mutter ist. Ich beobachte die beiden glücklich.

Die Mutter hatte ihr für die kalte Reise eine so dicke Felljacke angezogen, dass nicht mal die scharfen Zähne der Muräne durchdringen konnten. Was für ein Glück!

Ich seufze tief auf. Denn während ich die Mutter und das kleine Meermädchen so sehe, muss ich an Mam und Pap denken! Heiliger Wasserstrudel! Beinahe hätten sie ihre älteste Tochter verloren! Und Sassi ihre große Schwester!

Nun kommen mir doch ein paar Tränen. Vor Erleichterung natürlich, dass wir alle unverletzt davongekommen sind. Sogar Tay. Denn die war ebenfalls dick eingepackt in festem Seehundfell. Wie gut, dass der Strom so kalt ist und wir alle dicke Jacken anhaben!

„Alles klar?“, fragt eine glockenhelle Stimme neben mir und jemand legt seinen Arm freundschaftlich um meine Schultern.

Tay! Ich nicke, wische mir verstohlen die Tränen weg und ziehe eine freundliche Grimasse.

„Sag mal“, fragt Tay und lächelt, „kann es sein, dass wir gerade ziemlich frech unterbrochen worden sind, als du dich vorstellen wolltest?“

Polo lächelt mich ebenfalls erwartungsvoll an.

Ich streiche mir ein paar Haarsträhnen aus dem Gesicht und zupfe einige der nach dem Kampf sowieso komplett verrutschten Schleifen aus meinem Zopf. „Ich bin Alani. Ich komme …"

„… ohne Zweifel aus den weitesten Weiten der Weite …", fällt mir Polo feixend ins Wort.

Ich schaue ihn erstaunt, aber grinsend an. Diesmal macht er mich kein bisschen wütend, ich weiß genau, dass er es nicht böse meint.

„… was wirklich ein Glück ist …", fährt Polo jetzt fort, „denn wo sonst sind die Meermädchen stärker und unerschrockener als in den weitesten Weiten der Weite!"

„Ganz genau!", rufe ich und kichere fröhlich.

Ja, plötzlich kommt mir Polo gar nicht mehr wie ein dummer Fisch-Snob vor, sondern ich finde ihn einfach nur nett und komisch und überhaupt!

„Dein Schläger hat heute ein paar nette Kanten

abgekriegt“, sagt Tay und deutet auf sein Heiligtum.

Doch das scheint Polo nicht im Geringsten zu stören. Er nickt und sieht dabei höchst zufrieden aus. Man könnte sogar sagen, stolz.

„Das stimmt.“ Er inspiziert seinen Schläger genau, wirft sich in Positur und redet mit feierlicher Stimme weiter: „Ohoo! Glaubt mir, ich werde jede einzelne Kerbe in Ehren halten. Jawohl! Dies nämlich sind die ruhmreichen Kerben eines mutigen Kampfes!“ Er hält seinen Schläger wie zur Betonung noch einmal hoch. „Dieser wertvolle Schläger wird für immer unseren Sieg bezeugen! Hurra!“

Polo zieht eine komische Grimasse, mit der er sich und seine feierlich schmalzige Rede selbst auf die Welle nimmt.

Tay und ich lachen und klopfen ihm auf den Rücken.

„Sag mal“, meint Tay plötzlich und verzieht ihren Mund spöttisch, „heißt du eigentlich Polo, weil du immer einen Poloschläger mit dir rumträgst?“

Polo schnaubt verächtlich. „Quallenquark! Ich werde so genannt, weil ich natürlich Polo spiele.“ Er macht eine kleine Pause. Vermutlich, um die Wirkung seiner Worte zu steigern. „Delfinpolo. Nordmeer-Auswahl, U 15.“

Tay sieht erstaunlicherweise tatsächlich beeindruckt aus.

Ich allerdings auch. Nordmeer-Auswahl der unter Fünfzehnjährigen! Das heißt, er gehört zu den Besten der Besten des gesamten Nordmeeres, obwohl er doch bestimmt auch nicht älter als höchstens zwölf ist. Wow!

Tay guckt ihm jetzt seekerzengerade in die Augen. „Ach wirklich?“

„Ja, allerdings.“ Polo sieht nun doch wieder ein wenig überheblich aus.

„Das ist ja interessant“, meint Tay da. Sie streicht sich ihre Locken aus der Stirn. „Ich spiele nämlich für West-Atlantik, ebenfalls U 15.“

West-Atlantik! Flippiger Flossenschlag! Das ist ja ein noch größeres Gebiet als das Nordmeer!

Polo hebt den Kopf und starrt das kurzhaarig lockige Meermädchen ungläubig an. „Du bist in der West-Atlantik-Auswahl?“

Tay nickt. „Spiele Delfinpolo, seit ich vier Jahre alt bin.“

„Oh Meermann!“ Jetzt wirkt Polo zum ersten Mal mächtig beeindruckt.

Plötzlich guckt Tay skeptisch. „Ich hab deinen Namen aber noch nie irgendwo gesehen. Du heißt nicht wirklich Polo, oder?“

„Bonner", beeilt sich Polo da zu sagen, „ich heiße richtig Bonner Salmon. Und du?" Er reißt plötzlich seine Augen auf. „Du bist nicht etwa Tay... Tayfun Cork?"

Tay nickt sehr lässig und enorm zufrieden. „Doch, genau die bin ich. Freut mich, dich kennenzulernen, Bonner!" Und sie sieht ehrlich erfreut aus.

Über Polos beziehungsweise Bonners Gesicht huscht ein ungläubiges Lächeln. Aber – ganz klar – dass jemand auf genauso hohem Niveau Polo spielt wie er selbst, imponiert ihm mächtig. Tay ist mit Sicherheit in seiner Achtung soeben weitere sieben Meermeilen gestiegen.

Ich hole tief Luft. Und fühle mich mit einem Mal tatsächlich schrecklich hinterwäldlerisch. Die beiden gehören zu den besten Delfin-Reitern der nördlichen Ozeane? Und ich kenne die Namen nicht mal!

Oooohhhh. Mein Seufzen kommt aus tiefstem Herzen. Delfinpolo! Wie gern hätte ich das auch gespielt! Gut genug reiten kann ich ja wohl garantiert! Bin ja praktisch auf Delfinen groß geworden! Ich würde sogar jeden Hammerhai dazu bringen, der Polokugel nachzujagen. Ha!

Aber natürlich ist Polospielen unglaublich teuer. Und Delfinpolo besonders. Schon allein die Mitgliedschaft in einem der Clubs kostet mehr, als Pap in einem Monat verdient.

Ganz abgesehen davon, dass es bei uns in den weitesten Weiten der Weite sowieso keine Polo-Clubs gibt. Bei uns haben die Leute anderes zu tun, sagt Pap immer.

Und natürlich hat er recht, aber – oooohhhh – wie gern wäre ich in halsbrecherischem Tempo mit Jinni oder einem unserer anderen Delfine der Kugel hinterhergezischt und – peng! – hätte ich sie voll Richtung Tor abgefeuert! Wie oft haben Petin und ich mit langen Schilfstangen gespielt, wir wären berühmte Delfinpolospieler! Und wie oft haben wir stundenlang die internationalen Spiele auf dem Muschelmonitor geguckt! Ach!

Und hier stehe ich plötzlich vor zwei der besten Spieler der unter Fünfzehnjährigen. Wohooo, wild-wüster Seegrasdschungel!

Ich schätze, mein Mund steht weit offen, denn Tay lacht mich unverhohlen an. „Alles klar? Spielst du vielleicht auch Delfinpolo?“

„Ich? Äh, nein.“ Ich kann nur traurig den Kopf schütteln. Und fühle mich für eine Sekunde beinahe schüchtern. Obwohl wir doch eben die vermutlich größte Gefahr unseres bisherigen Lebens zusammen bewältigt haben. Und obwohl ich normalerweise für das Wort schüchtern in meinem Leben wirklich keine Verwendung habe!

„Magst du etwa keine Delfine?“ Tay sieht mich einen Moment so erstaunt an, als hätte ich gesagt, ich wäre allergisch gegen Meerwasser.

Oh, da kann ich Tay aber beruhigen! Denn wenn es um Delfine geht, kann ich natürlich mitreden! Und das tue ich!

Wie wild sprudelt alles aus mir heraus. Ich erzähle von der Delfinschule, die Pap gehört, und von meinen beiden liebsten Delfinen Jinni und Lu. Ich erzähle, wie Petin und ich auf unseren Delfinen als Team die Langstreckenritte bei den Schulmeisterschaften gewonnen haben und wie wir einmal aus Spaß von zu Hause ausgerissen sind und gespielt haben, wir wären Unterwasserwelteroberer, und fast drei Tage ohne Unterbrechung geritten sind.

Und Tay und Polo halten mit und erzählen abwechselnd die unglaublichsten Sachen von den internationalen Wettbewerben, die sie schon auf ihren Delfinen mitgemacht haben. Aber sie sind kein bisschen eingebildet dabei – nicht mal Polo! –, sondern fragen genauso begeistert bei meinen wahrscheinlich viel weniger aufregenden Weiteste-Weiten-Abenteuern nach, wie sie von ihren eigenen Erlebnissen berichten.

Und als wir schließlich nur noch über Delfine im Allgemeinen reden, habe ich sowieso beinahe mehr Wissen als sie. Kein Wunder, wenn man die Tochter eines Delfinzüchters ist!

Wir merken überhaupt nicht, wie die Zeit vergeht.

„Matschiger Meermann, da fällt mir ein: Es gibt auf Korallenkrone ja nicht mal ein Delfin-Team!“, sagt Polo plötzlich und sieht unheimlich betroffen aus. „Dort wird überhaupt kein Delfinpolo gespielt. Nur bei uns in Redriff. In Korallenkrone reiten sie ja bloß …“

Er bricht ab, weil ihm plötzlich klar wird, dass er Tay gerade noch mehr frustriert.

„Seepferdchen! Ja, ich weiß“, nickt Tay traurig. Sie seufzt kurz, aber sieht eine Sekunde später schon wieder böse und trotzig aus wie am Anfang der Reise. „Deshalb habe ich auch nicht für fünf Gramm Perlenstaub Lust, in dieses dämliche Quietschequallen-Internat mit seinen meeraffigen Glimmer-Schimmer-Schimmel-Meermädchen zu gehen!“

Sie hält sich erschrocken die Hand vor den Mund und sieht sich schnell im Strom um, ob irgendjemand unserer Unterhaltung gelauscht hat. „Ups, tut mir leid. Das ist mir so rausgerutscht.“

Polo lacht aus vollem Hals. „Ja, du hast schon recht! Manche dort sehen wirklich reichlich angeschimmelt aus. Besonders einige von den Lehrerinnen!“

Ich fische mir möglichst unauffällig, aber sehr eilig auch die allerletzten braven Glimmer-Schleifen, die Mam so sorgfältig in meinem Zopf eingebaut hat, aus dem Haar und lächele Tay begeistert an. Denn ich finde natürlich, sie hätte nichts Besseres sagen können. „Willkommen im Club!“

„Hä?“ Tay lächelt zwar ebenfalls wieder, versteht aber nicht. „In welchem Club?“

„Im Club der Anti-Schimmel-Meermädchen!“ Ich strahle. „Den wir gerade eben gegründet haben!“

Tay und Polo starren mich an. „Soll das heißen, DU reist auch nach Korallenkrone?“

Ich nicke. Und bereue fast, dass ich es zugegeben habe. Denn wie soll ich jetzt noch heimlich davonschwimmen und danach mit Petin in die Südsee abrauschen?

Doch Tay lächelt jetzt breit wie ein Hammerhai. „Das ist ja voll sandig! Diesen Glitzermeerkühen, denen werden wir es zeigen!“

Polo kichert wieder. „Zischender Meermann! Ich finde es fast schade, dass ich eure Ankunft in Korallenkrone nicht sehen werde. Aber ihr müsst mir unbedingt nächstes Wochenende alles berichten. Wollen wir uns am Samstag nach dem Mittagessen in der Sandperle treffen?“

„Wo?“

„Ach ja“, Polo grinst, „ihr kennt euch ja noch nicht aus. Redriff und Korallenkrone liegen ganz in der Nähe voneinander. Und die Sandperle ist ein kleines Café, das genau zwischen den beiden Schulen liegt. Dort schwimmen fast nur Internatler rum.“

Tay und ich nicken. „Aha. Klingt gut. Warum nicht?“

Ich glaube es nicht! Vor ein paar Stunden noch war ich fest entschlossen, mit Petin zusammen die sieben Weltmeere zu erobern. Stattdessen habe ich jetzt bereits eine Verabredung für nächstes Wochenende mit zwei anderen Schülern. Wie soll ich das nur Petin erklären? Der wartet ja mit gepacktem Rucksack und geklautem Fischkuchen zu Hause auf meinen Anruf.

Aber nun gibt es kein Zurück mehr. Tay und Polo würden mich vermutlich sowieso nicht mehr aus den Augen lassen.

Wohooohooo! Ich schwimme also wirklich ab in

dieses Meerkatzen-Internat! Rostiger Rattenfisch! Ich hoffe nur, dass ich diese Entscheidung nicht schon ganz, ganz bald bereue …

abenteuer kommen, wenn man sie nicht erwartet

Es ist erstaunlich, wie sich die Unterwasserlandschaft verändert, je weiter wir nach Süden kommen. Das hätte ich nie gedacht! Aber ich bin natürlich auch noch nie wirklich weit weg von zu Hause gewesen.

Wegen der Geschwindigkeit, mit der wir im Strom dahinrauschen, zieht alles rasend schnell an mir vorbei, aber ich kann doch sehen, dass alles bunter und bunter wird. Knallorange Clownfische, Korallenriffe in allen Farben, lauter Fische und Unterwasserpflanzen, die es bei uns überhaupt nicht gibt.

Die Lehrerin in meiner alten Schule hat uns in Geo zwar manchmal Bilder von tropischeren Gewässern gezeigt, aber das alles wirklich mit eigenen Augen zu sehen, ist überwältigend!

Polo muss natürlich sofort wieder einen Spruch machen, als er mein staunendes Gesicht sieht. „Na,

Weiteste-Weiten-Meermädchen? Warum muss ich wohl gerade an ein Krokodil mit Blähungen denken?“

„Oh, duuuu!“ Ich greife nach dem erstbesten Gegenstand, was in diesem Fall leider meine Trinkflasche ist, und schmeiße sie nach ihm.

Polo fängt die Flasche geschickt auf und nimmt ganz frech einen Schluck. „Mhm, danke, lecker! Wie nett! Woher wusstest du, dass ich durstig bin?“

„Fischbacke!“, rufe ich und versuche dabei, sehr böse auszusehen. Dummerweise muss ich allerdings kichern. Wenn man sich an Polos freche Sprüche gewöhnt hat, kann man eigentlich auch ziemlich gut darüber lachen.

Plötzlich kommen vertraute Klicklaute aus meiner Jacke, die immer lauter werden. Huch? Was ist das denn?

Dann fällt es mir ein. Das ist natürlich mein nagelneues Muschelfon! Und – ach ja! – ich habe natürlich als Klingelton die Klicklaute von Delfinen gewählt.

Aber wer um alles in der Meerwelt weiß denn, dass ich ein Muschelfon habe, und hat meine Nummer? Ich habe sie doch noch überhaupt niemandem gegeben.

„Dein Muschelfon. Willst du nicht rangehen?", fragt Polo, als wäre es das Normalste auf der Welt, ein Muschelfon in seiner Jackentasche zu haben.

Und das ist es vermutlich auch. Für diese reichen Meerkids hier zumindest. Für mich ist es allerdings total aufregend.

„Ja, hier ist Alani Baltico?"

„Alani! Neptun sei Dank!"

„Pap, hallo!" Ich strahle und drehe mich schnell weg von Polo, bevor er noch irgendeinen weiteren dämlichen Kommentar ablässt und ich womöglich wieder kichern muss, ohne dass Pap begreift, worüber ich kichere.

„Alles in Ordnung, Lani?" Paps Stimme klingt irgendwie leicht besorgt. „Deine Mam hatte vor ein paar Stunden so ein scheußlich beunruhigtes Gefühl, das immer schlimmer wurde. Ich musste ihr versprechen, dich sofort anzurufen, sobald du wieder Empfang hast.“

Ich hatte keinen Empfang? Na ja, ich schätze, dass es in so einem schnell rauschenden Strom ab und zu ein paar Funklöcher gibt. Und vor ein paar Stunden fing Mam an, sich Sorgen zu machen? Oh je, das muss während des Kampfes mit der Muräne gewesen sein. Liebe, liebste Mam!

„Ach, Pap …“

Ich bin mir nicht sicher, ob es klug ist, allzu viel von dem Kampf zu erzählen. Die Bedrohung ist ja nun vorbei, die Muräne verjagt und uns nichts passiert. Und Mam schläft bestimmt die nächsten drei Nächte nicht, wenn sie hört, in welcher Gefahr ich geschwebt habe. Was natürlich total bescheuert ist, weil ja bereits alles gut ausgegangen ist! Aber ich schätze, so sind Mütter nun mal.

„Pap, mir geht's richtig gut! Ich hab schon zwei andere Schüler von Korallenkrone kennengelernt. Der eine ist ein Junge und ist aus Redriff und …“

Ich erzähle Pap ein bisschen Harmloses vom Strom und von Tay und Polo, bis er tatsächlich beruhigt klingt.

„Wunderbar, Lani! Ich dachte mir schon, dass Mam sich wieder völlig unnötig aufgeregt hat. Aber ich bin doch froh, dass ich dir das Muschelfon gegeben habe. So können wir wenigstens muschelieren und Mam kann heute Nacht gut schlafen."

Als ich den Gesprächsende-Button drücke, denke ich, dass ich unbedingt gleich Petin anrufen und ihm klarmachen muss, dass ich meine Meinung geändert habe. Ja, ich werde nach Korallenkrone schwimmen. Was auch immer mich da erwarten wird. Und sei es nur, um dort mit Tay zusammen mal so richtig klar Riff zu machen!

Schade nur, dass Petin nicht dabei sein kann! Er hätte bestimmt wunderbare Vorschläge, was wir alles anstellen könnten!

„Na, Krokodilchen? Träumst du schon wieder?"

Ich grinse Polo an. „Nee, ich dachte nur gerade darüber nach, was man machen könnte, um dieses Korallenkrone mal deutlich weniger glitzerig zu machen!"

Polo grinst noch breiter und schüttelt den Kopf. „Zischender Meermann! Wirklich ein Jammer, dass ich das nicht mitkriege!"

Tay lächelt. „Ich bekomme fast auch ein klitzekleines bisschen Lust, mir diese Korallenhütte anzugucken! Obwohl …"

Sie verstummt. Aber ich weiß, dass sie daran denkt, dass sie jetzt bis zu den nächsten Ferien keinen einzigen Delfin reiten kann und vor allem, was noch viel schlimmer ist, nicht Delfinpolo trainieren kann. Dabei ist das doch für sie so wichtig! Wie soll sie denn sonst gut genug bleiben, um nicht aus der West-Atlantik-Auswahl rauszufliegen?

„Ich hab dir doch gesagt, ich werde fragen, ob du bei uns in Redriff mittrainieren kannst“, murmelt Polo ungewohnt sanft.

Tay lächelt ihn dankbar an. „Okay. Das wäre wirklich supersandig! Danke!“

Polo nickt brummend. „Schon gut, schon gut. Ich tue das natürlich nur für die Delfinpolo-Meerwelt.“

Anscheinend ist es ihm peinlich, etwas für ein Meermädchen zu tun. Jungen sind manchmal komisch.

„Eine Tayfun Cork MUSS trainieren!“, sagt Polo ernst. „Wie konnten deine Eltern bloß übersehen, dass es in Korallenkrone nur Seepferdchen gibt?“

Tay seufzt aus tiefstem Herzen und sieht danach so düster aus wie Tintenfischtinte. „Sie haben es nicht übersehen. Sie wollten genau das.“

„WAS?“ Polo und ich können beide einen Aufschrei nicht unterdrücken. Warum, um alles in der Meerwelt, sollten Meereltern eine unglaublich talentierte Tochter davon abhalten, das zu tun, was sie am besten kann?

„Meine Mutter findet, dass ich nicht weiblich genug bin“, sagt Tay da leise. „Sie findet, ich sollte endlich lernen, mich wie ein Mädchen zu benehmen, statt wild einen Schläger schwingend durch die Meere zu preschen. Sie findet es eine Schande für unsere Familie, wie ich mich benehme und was ich tue, und deshalb … deshalb …“

Sie macht eine Pause und schluckt. Ohne Zweifel hat sie einen dicken, schmerzenden Kloß im Hals.

„Oh, was für ein klebriger Quallenquark!“, schreit Polo da. Und ich könnte mir gut vorstellen, dass er das nur tut, um Tay eine Pause zum Schlucken zu geben.

„Aber überhaupt!“, schimpft Polo sich weiter seine Gefühle von der Seele. „Wer schreibt denn eigentlich vor, wie Mädchen zu sein haben und was sie zu tun haben?“

Schulen wie Korallenkrone bestimmt!, denke ich. Sage es aber nicht. Denn Tay denkt garantiert das Gleiche. Was ja der Grund ist, warum sie so niedergeschlagen ist.

„Aber was ist mit deinem Vater?“, fragt Polo schließlich. „Der kann doch nicht auch finden, dass Delfinpolo nichts für Mädchen ist?“

„Ach, mein Vater …“, seufzt Tay leise und schaut weg von uns nach unten in den Strom, wo sich dicke Fischschwärme tummeln. „… mein Vater …, der macht eben das, was meine Mutter will.“

Dann guckt sie wieder zu uns. Böse und trotzig. Sehr böse und trotzig. „Ja, so ist das eben.“ Doch plötzlich kann ich auch die Traurigkeit in ihrem trotzigen Gesicht sehen.

„Anti-Schimmel-Club?“ Ich schaue fragend und halte meine Hand hoch in Tays Richtung.

Tay hebt langsam ihren Kopf hoch und lächelt endlich wieder. Dann klatscht sie mit voller Kraft auf meine Handfläche. „Anti-Schimmel-Club! Abgemacht!“

Ich lächele ebenfalls. Es ist ein gutes Gefühl, eine Freundin zu haben. Bei all dem, was vielleicht auf uns zukommen wird.

Und da wird mir plötzlich klar, dass Abenteuer nicht immer nur Kämpfe mit Killermuränen sein müssen. Nein, manchmal können auch neue Menschen Abenteuer sein.

Aber wie auch immer, eins ist klar wie Meerwasser: Ich bin auf einer ziemlich abenteuerlichen Reise. Und ich habe das delfinstarke Gefühl, Abenteuer kommen sowieso immer dann, wenn man sie am wenigsten erwartet …

Tay reißt mich aus meinen Gedanken und stupst mich in die Seite. „Achtung! Feind hört mit.“

Sie rollt ihre Augen in die Richtung, in der die beiden Meermädchen, die ich schon am Anfang der Reise bemerkt habe, immer noch auf ihren Koffern liegen. Nun quatschen und giggeln sie allerdings nicht mehr, sondern sehen neugierig zu uns rüber.

„Wetten, das sind zwei der netten Schimmel-Meermädchen von Korallenkrone?“, raunt Tay.

Polo sieht ebenfalls zu den beiden rüber, deren Schwanzflossen dick mit Perlmuttsplittern behängt sind und die mindestens drei verschiedene farbige Perlenkettchen um den Hals tragen. Er lächelt milde und ironisch. „Hahaha, keine Ahnung, wie ihr das erkennen konntet! Aber ja …, die beiden gehören nach Korallenkrone. Sie heißen Nemone und Lakja und sind sogar in eurem Jahrgang, glaube ich.“

Nun schiele ich auch zu den beiden Meermädchen hin. Was, das sind wirklich schon zwei dieser glimmerig-glitzerigen Meerkatzen?

Ich kneife meine Augen finster zusammen. Na ja, aussehen tun sie auf jeden Fall genau so, wie man sich diese Glitzermeermädchen vorstellt. Stinkendes Seegras! Die sollen es nur wagen, mir in den Weg zu schwimmen! Oho, denen werden es Tay und ich schon zeigen!

bunte meereswelt und freche meermädchen

Als ein Strombeamter mit einem Megafon gegen den Strom schwimmt und laut verkündet, dass der nächste Ausstieg der Ausstieg für alle Internatsschüler von Korallenkrone und Redriff ist, fängt ein solches Gedrängel an, dass ich kaum meinen Koffer festhalten kann. Um ein Haar hätte ich Tay und Polo verloren. Hätte nicht gedacht, dass so viele Schüler bereits im Strom waren!

Und alle scheinen sich zu kennen!

Wie bin ich froh, dass Tay neben mir ist. Denn auch Polo fängt nun wild an, mit all den anderen Jungen, die von überall her heranschwimmen, zu quatschen und sich zu boxen und Faxen zu machen. Sie scheinen alle total begeistert davon zu sein, sich wiederzusehen.

Die glitzerigen Meermädchen sind noch schlimmer. Sie quietschen und schreien und umarmen sich, als ob sie gerade von einer Expedition zum

Meeresvulkan heil wiedergekommen wären. Dabei können sie sich doch allerhöchstens ein paar Ferienwochen lang nicht gesehen haben!

„Oh, ich kann es kaum noch abwarten, endlich wieder in Korallenkrone zu sein!"

„Ja, ich konnte die letzten Sommerferientage fast nicht mehr aushalten! Es ist so langweilig zu Hause, wenn man Korallenkrone gewohnt ist!"

„Uiii, Maris! MAAAris, huhuuu! Wie geht's dir? Wo warst du in den Ferien? Seid ihr wieder um die ganze Welt geschwommen?"

Um die ganze Welt? Was sind das hier bloß für Mädchen?

Ich lausche verblüfft und überwältigt dem Stimmengewirr um mich herum. Beruhigt nehme ich zur Kenntnis, dass Tay mindestens genauso verschreckt aussieht wie ich. Also ist auch eine hammerhaiharte Polospielerin nicht immer nur hammerhaihart.

Bevor wir es noch richtig gemerkt haben, werden wir am Ausstieg schon aus dem Strom gespült und paddeln ein wenig wackelig herum, als wir wieder im normalen Meerwasser schwimmen.

Es ist ein komisches Gefühl, so lange im reißenden Strom gewesen zu sein und nun plötzlich wieder in ruhigerem Gewässer. Es ist, als ob man immer noch das Rauschen und den Sog vom Strom genau spürt. Obwohl beides ja gar nicht mehr da ist.

Als Tay und ich den Massen von Meermädchen und Meerjungen hinterherschwimmen, kann ich sehen, dass auch Tay ab und zu ihre Arme ausschüttelt und ihre Schwanzflosse heftig hin und her schlägt, so als ob sie damit versuchen wollte, das Gefühl des Stroms abzuschütteln.

„Macht euch keine Sorgen, das ist in einer halben Stunde vorbei!“, sagt eine lachende Meermädchenstimme neben uns, als wüsste sie genau, worüber wir uns wundern. „Das geht uns allen so.“

Tay und ich gucken erstaunt zur Seite. Eine von diesen Glitzermeerkatzen schwimmt direkt neben uns.

Das heißt, allzu glitzerig sieht sie eigentlich gar nicht aus. Sie hat lange lockige schwarze Haare mit hellblau schimmernden Strähnen, nur eine einzige kurze Kette am Hals mit einem B als Anhänger und eine angenehm dezente Schwanzflosse, die in allen Blau- und Türkistönen schimmert. Allerdings sieht der Schimmer beinahe natürlich aus und nicht, als hätte sie, wie offensichtlich die meisten Mädchen hier, reichlich mit gefärbtem Perlmutt nachgeholfen.

„Hallo!“, sagt das Meermädchen. „Ich bin Blue. Und ihr? Ihr seid neu in Korallenkrone?“

Tays Gesicht sieht gewohnt tintenfischig finster aus. Sie gibt sich nicht das kleinste bisschen Mühe, freundlich zu lächeln.

„Ich bin Tay“, grunzt sie kurz. Und schwimmt danach sofort wieder stur geradeaus, ohne Blue noch eines Blickes zu würdigen.

Sie hätte gar nicht mehr sagen brauchen. Die Botschaft ist wasserklar bei Blue angekommen.

Das Meermädchen mit den schwarz-blauen Haaren verdreht die Augen und schüttelt den Kopf.

„Freut mich“, lächelt Blue dann, sieht dabei allerdings mehr aus, als würde sie sich über Tay lustig machen, „ich bin sicher, mit deiner unwiderstehlichen Art wirst du bei uns im Nu tausend Freunde finden!“

Pah, soll die nur spotten! Als ob Tay oder ich das wollen würden! Nein, eine Perlmuttschule wie Korallenkrone kann sowieso keine wirklichen Freundinnen für uns haben!

Blue grinst überheblich. So als ob sie etwas wüsste, was wir nicht wissen.

Dumme Seekuh!

„Und du?“, fragt sie dann zu mir rüber.

„Ich heiße Alani“, antworte ich zwar nicht ganz so ablehnend wie Tay, aber doch so, dass ebenfalls klar ist, dass ich auf weitere Unterhaltung keinen großen Wert lege.

Blue atmet zischend durch die Zähne aus. Was nicht gerade ein meermädchenmäßig vorbildliches Verhalten ist. Vielleicht ist sie doch nicht ganz so glitzerig wie die meisten anderen hier?

Wuuusch! – keine Sekunde später habe ich eine Breitseite Meerwasser im Gesicht. Die Welle, die Blue mit ihrer Schwanzflosse erzeugt hat, ist mir direkt ins Gesicht geknallt. Autsch!

„Oops, tut mir das aber leid!“, sagt Blue mit einem höchst zufriedenen Lächeln. „Ich bin manchmal ja sooo schrecklich ungeschickt!“

WAS? Also die ist ja wirklich unfassbar frech! Blubbernder Quallenkuchen! Was erlaubt die sich! Doch als ich noch darüber nachdenke, wie ich ihr die Kopfdusche heimzahlen kann, sind wir anscheinend an einem Sammelpunkt angekommen.

„Meermädchen von KORALLENKRONE hiiier rüber!“, ruft eine energische weibliche Stimme.

„Alle REDRIFFLER hierher!“, brüllt eine dunkle Meermannstimme.

Und zügig teilt sich die riesige Horde von Meerjungen und Meermädchen in zwei verschiedene Gruppen. Ich habe nicht mal mehr Zeit, mich von Polo zu verabschieden.

Blue ist ebenfalls längst mit kräftigen Schwimmzügen mitten in dem Meermädchengewimmel verschwunden. Grimmig schaue ich ihr hinterher.

Na warte, die wird mich kennenlernen, wenn ich sie das nächste Mal sehe! Diese fischfeinen Perlmuttmädchen hier sind anscheinend nicht ganz so fein, was Begrüßungsmanieren angeht! Aber – schuppiger Schwertfisch – schlechte Manieren zeigen, das kann ich auch!

Als wir jetzt hinter der Meerfrau herschwimmen, die sich als Miss Petula und Lehrerin von Korallenkrone vorgestellt hat, ist mein Gesicht fast noch finsterer als das von Tay. Dummerweise muss ich genau da an Mam denken und an all ihre Ermahnungen, nett und höflich zu sein. Aber wie soll man nett und höflich sein, wenn alle um einen herum so fischstinkig hochnäsig und unfreundlich sind?

Ich frage mich, ob es eine gute Idee war, doch hierher zu schwimmen. Wo ich jetzt auch mit Petin auf dem Weg in die Südsee sein könnte!

Ach, Petin! Wenn er nur hier wäre!

Missmutig schwimme ich hinter den anderen her und nehme mir fest vor, bei der erstbesten Gelegenheit doch noch abzuhauen. Vielleicht hat Tay sogar Lust mitzukommen? Dann könnten wir zu dritt die Welt erobern! Was sollen wir unsere Kraft und Zeit in einer Schule wie Korallenkrone vergeuden!

Korallenkrone! Schon allein der Name! Klingt doch wirklich total schaumkronig aufgeblasen! Als ob Korallen Kronen hätten!

Natürlich habe ich noch nie ein richtiges Korallenriff von Nahem gesehen. Aber jedes Meerbaby kennt ja wohl genug Bilder. Und da waren ganz sicher nie irgendwelche Kronen drauf zu sehen.

Doch als wir unter einem Felsen durchtauchen und dahinter wieder herauskommen, stockt mir der Atem. Denn das, was ich da sehe, das ist … das ist ohne Zweifel das Fantastischste, was ich überhaupt jemals gesehen habe!

Die Wucht der Farben löst sofort meine missmutigen Gedanken auf! Ich kann an nichts anderes mehr denken. Von einer Minute zur anderen schwimmen wir in einem Meer von Blumen. Blumen in den buntesten Schattierungen!

Jedenfalls sieht es aus, als würden wir uns mitten im größten Unterwassergarten befinden, den man sich vorstellen kann. Aber es sind natürlich keine Blumen, die ich hier sehe, sondern Tiere. Das weiß ja jedes Meerbaby. Wir sind in einem riesigen Korallenriff angekommen! Wir sind da!

Korallen, das weiß ich, sind Tiere, auch wenn sie sich nicht fortbewegen können, sondern genau wie Pflanzen an den riesigen Riffen kleben. Tatsächlich sind sie es aber selber, die diese riesigen Riffe über Jahrmillionen mit ihren Körpern erbauen. Ihre knallbunten Tentakelkränze, die aussehen wie Blütenblätter, sitzen nur am obersten Ende der Rifflandschaft. Tiefer drinnen gibt es lange Gänge und Höhlen zwischen hohen Wänden und dicken felsähnlichen Gebilden, die die Überreste der Kalkskelette der Korallen sind.

Metallisch glänzende Fische der absonderlichsten Formen und Farben, sogar solche, die man noch nicht mal in Schulbüchern finden würde, schwimmen überall herum. Oh, wenn Sassi und Mam und Pap das nur auch sehen könnten!, denke ich unwillkürlich.

Ich schaue mich verstohlen nach Tay um.

Tay scheint es ganz genauso zu gehen wie mir. Sie hat riesige Stauneaugen und ihr Mund steht ein Stück offen.

„Ganz schöner Knaller, was?“, grinse ich.

„Voll sandig", murmelt Tay hingerissen, „voll sandig!"

Gegen diese Schönheit kann auch eine Tayfun Cork nicht angrummeln.

Und dann sehe ich auch schon eine große Eingangstür unten in einem der Rifftürme.

Meermädchen-Internat Korallenkrone steht in großen schwarzen Buchstaben zu einem gleichmäßig geschwungenen Bogen geformt darüber.

Etwas höher hängt ein großes Tuch aus einem Fenster, das sanft mit der Bewegung des Wassers schaukelt.

Willkommen zurück, Meermädchen!, hat jemand in krakelig korallenroten Buchstaben daraufgemalt. Die Lehrerinnen und Hausmeermütter freuen sich also, dass die Schülerinnen wiederkommen!

Solch ein Begrüßungsplakat hing in unserer kleinen Schule zu Hause nie am Eingang. Und unsere Lehrerin hat uns auch nie gesagt, dass sie sich freut, uns nach den Ferien zurückzuhaben. Sie sah in den ersten Schultagen sogar immer ein wenig niedergedrückt aus. Was wohl daran lag, dass sie Ferien genauso schön und Schule genauso anstrengend wie wir fand. Auch wenn sie natürlich immer nett zu uns war.

Das scheint hier irgendwie anders zu sein. Hier

scheinen die Lehrer und auch die Schüler es kaum erwarten zu können, einander wiederzusehen!

Und wegen der Wucht der Farben und der Fülle dieser neuen Umgebung, die mein kleiner Weiteste-Weiten-der-Weite-Bauch noch nicht ganz verdaut hat und in dem es deswegen aufgeregt kribbelt, rieselt mir ein warmer Schuppenschauer über meine Schwanzflosse.

Meine Meerwelt! Dies hier ist also das berühmte Internat Korallenkrone!

begrüßung im glitzerinternat

Wie ein knallbunter Blütenteppich mit Fenstern und Türen darin liegt das Internat vor uns. Ich lächele, als ich jetzt zusammen mit den anderen hineinschwimme. Man kann gar nicht anders als lächeln – egal ob man nun die fischstinkig feinen Meerkatzen hier mag oder nicht –, die Schule sieht so wunderschön aus, dass es fast nicht möglich ist, tintig zu gucken.

Ich schiele zu Tay rüber, die neben mir schwimmt. Nein, auch die schafft es nicht ganz, ihr gewohnt finsteres Gesicht beizubehalten. Da muss ich noch mehr lächeln.

„Alle Mädchen bitte hier rüber in die Aula!“, ruft jetzt eine laute, aber freundliche Stimme und winkt uns in einen großen Saal mit bestimmt hundert Plätzen und einer großen Bühne, auf der schon eine streng aussehende, aber recht füllige Meerdame, Marke Seekuh, wartet.

Es dauert keine zwei Minuten, bis alle eben noch so kicherigen Glitzerkatzen sich gesetzt haben und nun aufmerksam nach vorne gucken.

In meinem Bauch knistert es jetzt so doll, dass ich es fast nicht mehr aushalten kann. Ob Tay auch ein winziges bisschen aufgeregt ist?

„Liebe Meermädchen von Korallenkrone", fängt die elegant gekleidete Meerdame vorne auf der Bühne an. Sie braucht gar nicht lange um Ruhe zu bitten, denn alle Meermädchen lauschen schon gebannt. „Herzlich willkommen zurück! Ich freue mich sehr, euch alle nach den Ferien wieder gesund und munter zu sehen! Unsere neuen Mitschülerinnen möchte ich an dieser Stelle ganz besonders herzlich begrüßen. Ich bin sicher, ihr werdet euch hier im Nu wie zu Hause fühlen!"

Ich höre einen kleinen verächtlichen Schnauber aus Tays Richtung.

„Für die, die mich noch nicht kennen", fährt die Meerdame fort, „möchte ich mich kurz vorstellen. Ich bin Miss Manatis, die Direktorin von Korallenkrone. Wann immer ihr ein Problem habt, das ihr nicht mit eurer Meerhausmutter besprechen wollt oder könnt, seid ihr herzlich eingeladen, an meiner Tür zu klopfen. Ich bin sicher, dass wir gemeinsam eine Lösung finden werden."

Sie macht eine Pause und lächelt uns aufmunternd an.

Pfff, Lösung! Was Erwachsene immer für einen gequollenen Quallenquark reden, bloß weil es nett klingt! Aber wie will sie wohl zum Beispiel eine Lösung für Tay finden, die unbedingt trainieren muss, aber hier weit und breit keinen Delfin hat?

Die einzige Lösung für Tay wären andere Eltern! Eltern, die sie unterstützen in den Dingen, die sie machen will, statt sie zu etwas zu verbiegen, was sie nicht ist und nicht sein will. Und wie will diese Miss Manatis ihr diese anderen verständnisvollen Eltern beschaffen?

In dem Moment muss ich an meine eigenen Eltern denken. Und frage mich wieder, was in aller Meerwelt sie dazu gebracht haben kann, mich hierherzuschicken. Mam und Pap sind doch nicht so wie Tays Eltern! Mam und Pap würden mich doch immer unterstützen in dem, was ich selber will, da bin ich mir sicher. Und ich wollte – will – nicht hierher! Warum – warum – warum also tun sie das?

Zum millionsten Mal denke ich über den dunklen feuerschwänzigen Mann nach und was er damit zu tun haben kann. Der Direktorin höre ich nur noch mit halbem Ohr zu. Von einem guten Start ins Leben redet sie, von Verantwortung und Erfolg und natürlich von Freundschaft.

Freundschaft? Tay und ich grinsen uns an und klatschen unauffällig unter den Stühlen die Hand der anderen ab. Ja, Freundschaft! Wir beide! Der Anti-Schimmel-Club gegen die Glitzerkatzen, hihihi!

Vorne kommt die Direktorin jetzt langsam zum Ende der Rede. Das ist gut. Ich merke nämlich, dass ich ganz schön müde werde. Kein Wunder nach diesem langen Tag!

„… ist es mir eine Ehre zu betonen, wie stolz ich auf euch alle bin. Und ich hoffe, dass ihr auch immer genauso stolz und glücklich seid, Schülerinnen von Korallenkrone zu sein!“

Ich gucke mir an dieser Stelle Miss Manatis das erste Mal genauer an. Komisch, sie sieht ganz anders aus, als ich mir die Direktorin einer Glitzerschule vorgestellt habe. Kein bisschen glitzerig eigentlich.

Sie trägt ein sehr streng geschnittenes Kostüm in einem dunklen Felsfarbton und ihr Haar ist zu einem länglichen Knoten aufgesteckt, fließt also nicht frei im Raum wie das Haar fast aller Mädchen hier. Soweit ich sehen kann, trägt sie nicht mal Perlmuttschminke.

„… kommen jetzt bitte zu mir in mein Büro“, endet endlich ihre lange Begrüßungsrede.

Makrelenmist, nun habe ich mal wieder das Wichtigste nicht mitbekommen! Wer soll mit in ihr Büro?

Doch Tay zieht mich hinterher. „Komm! Alle Neuen kriegen noch ’ne Extraportion Seegras-Gelaber!“ Sie rollt mit den Augen. „Ich schätze, die will nur unsere Namen auf ihrer Liste abhaken.“

Und so ist es auch. Miss Manatis schüttelt jeder neuen Schülerin die Hand, redet dann ein paar freundliche Worte mit ihr, wünscht ihr alles Gute und macht danach ein Häkchen auf einem großen Brett, das an einer Wand hängt.

Neugierig schaue ich hinauf. Nur etwa zehn bis zwölf Meermädchen sind anscheinend neu, aber auf dem Namensbrett stehen die Namen aller Schülerinnen von Korallenkrone. Automatisch suche ich nach meinem eigenen Namen, kann ihn aber aus der Entfernung nicht so schnell entdecken.

Einen Moment wundere ich mich, dass so viele Mädchen im Raum sind, doch es stellt sich schnell heraus, dass jedes neue Meermädchen eine sogenannte Patin bekommt, die ihr alles zeigen und erklären und in den ersten Wochen das Eingewöhnen erleichtern soll.

Ich schaue die Patinnen, die in einer anderen Ecke auf der Stelle paddeln, ablehnend an. Na schön, es ist ja vielleicht eine ganz flossige Idee, am Anfang nicht total allein dazustehen. Aber die sollen ruhig gleich merken, dass ich sie alle komplett fischstinkig finde und nicht im Mindesten die Absicht habe, eine von ihnen zu werden, vielen Dank!

„Pinela Aal?“, beginnt die Direktorin jetzt.

Ein kleines Meermädchen, dünn wie ein Hering und mindestens zwei Jahre jünger als wir, schwimmt schüchtern nach vorne.

Miss Manatis reicht ihr die Hand. „Hallo, Pinela! Schön, dich hier zu sehen. Deine Mutter ist ja schon in Korallenkrone zur Schule gegangen und nun schickt sie uns ihre Tochter, das ehrt uns sehr! Deine Eltern haben erzählt, du hast zwei Jahre in den Kelpwäldern vor Hawaii gelebt. Da wirst du dich sicherlich ganz besonders auf die polynesischen Tanzstunden bei uns freuen!“

Polynesische Tänze? Hat das was mit Polypen zu tun? Ich glaub, ich krieg Seepocken! Wir werden hier doch wohl nicht mit unseren Bäuchen in aller Öffentlichkeit herumwackeln müssen? HILFE! PETIN! Komm und rette mich!

Pinela lächelt verzückt und nickt heftig.

Meine Meerwelt! Wo bin ich hier bloß gelandet? Seepferdchen und Hula-Tänze!

Tay ist bereits die Nächste, die aufgerufen wird. Was mich ein bisschen wundert, denn ich bin eigentlich davon ausgegangen, dass die Reihenfolge alphabetisch sein wird. Und B für Baltico kommt ja wohl vor C wie Cork.

Na, wie auch immer.

„Tayfun Cork?“

Als Miss Manatis Tay noch einmal aufruft, entsteht ein leichtes Raunen im Saal. Anscheinend ist sie wirklich eine Berühmtheit und einige dieser Glitzermeermädchen scheinen sich zumindest ein klein wenig in der Welt des Delfinpolo auszukennen!

Miss Manatis allerdings scheint das Raunen überhaupt nicht zur Kenntnis zu nehmen. Sie räuspert sich nur einmal kurz und eindeutig, rückt dann ihre Brille zurecht und sieht Tay tief in die Augen. „Guten Abend, Tayfun! Schön, dass du zu uns gekommen bist!“

Tay sieht nicht so aus, als ob sie das ebenfalls freut. Die hingehaltene Hand der Schulleiterin ignoriert sie erstaunlich standfest.

Doch Miss Manatis tut so, als würde sie das ebenfalls nicht die Meerbohne bemerken. Mit einem strahlenden Lächeln redet sie weiter. „Ich bin sicher, du wirst dich hier sehr wohlfühlen! Und …“ Sie zwinkert freundlich. „… vielleicht kannst du uns ja sogar beim Zureiten von neuen Seepferden helfen? Ich höre, du bist eine der besten Reiterinnen der nördlichen Hemisphäre.“

Tay sieht so aus, als hätte sie einen Schlag in die Magengrube bekommen.

Ach du trüber Laternenfisch! Ich bin sicher, diese

Miss Manatis hat das nur gut gemeint. Aber – ehrlich – wie kann man einer Profi-Delfinreiterin als Ersatz anbieten, Seepferdchen einzureiten?

Und überhaupt, was gibt's denn da einzureiten? Da setzt man sich doch nur drauf, wie auf einen Schaukelstuhl, und plätschert dann im Seeschneckentempo dahin. Ich meine, schön und gut, wenn man an einem Sonntagnachmittag gemütlich ein bisschen dösen oder ein Buch dabei lesen will, aber was hat das mit Reiten zu tun?

„Ja? Hättest du Lust, das zu tun?" Die Direktorin sieht Tay immer noch seegrasgerade in die Augen und erwartet ohne Zweifel jetzt ein glockenhelles, glitzermeermädchenfreudiges Hurra.

Tja, die glockenhelle Stimme, die kriegt Miss Manatis. Ich bin immer wieder überrascht, wie wenig Tays Stimme zu ihrem Äußeren passt. Aber die Worte sind wohl nicht ganz das, was die Schulleiterin sich erhofft hat.

„Auch nicht, wenn das Korallenblütenfest und das Laternenfischlichterfest plötzlich auf einen Tag fallen. Und nicht mal, wenn die Meermenschen und die Landmenschen wieder zusammenleben würden", sagt Tay laut und deutlich und ohne mit einer ihrer schwarzen Wimpern zu zucken. „Und das gilt für alle Ewigkeiten."

Nun schafft Miss Manatis es nicht mehr ganz, ihre freundlich ignorante Taktik aufrechtzuerhalten. Nein, diesmal sieht sie aus, als hätte nun sie einen mittelschweren Schlag abbekommen. Und das hat sie wohl auch. So brav, wie die anderen Glitzerfischchen hier aussehen, kriegt sie solcher Art Antworten vermutlich nur selten zu hören. Krustiger Kabeljau! Ob Tay jetzt gleich zur Begrüßung zwei Wochen Höhlenarrest bekommt?

Die Direktorin atmet etwas laut und heftig ein, hat sich beim Ausatmen aber schon wieder gefangen. „Nun gut, Tayfun, es liegt mir fern, dich zu etwas zu zwingen. Ich hoffe aber sehr, dass du dich zumindest bemühst, dich in Korallenkrone anzupassen."

Tay kneift ihre Lippen zusammen und schaut stur geradeaus. Es ist klar wie Tintenfischbrühe, dass sie genau das nicht vorhat.

Miss Manatis lässt es dabei bewenden und winkt Tays Patin heran. Zum Glück ist es nicht diese fischfreche Blue, die wir auf dem Weg hierher kennengelernt haben. Denn die kann ich ebenfalls zwischen den anderen Meermädchen herumschwimmen sehen. Dafür ist Tays Patin aber eine so heftig glitzerige Glitzerkuh, dass es keinen krasseren Unterschied geben könnte. Tay sieht neben ihr aus wie ein Rodeoreiter neben einem Verkaufsständer für Glimmerketten.

Die arme Tay guckt mittelschwer entsetzt. Was ich ihr nur zu gut nachfühlen kann. Wer möchte schon von einem Verkaufsständer für Ketten herumgeführt werden?

Hammerhaiharter Schock am Abend

Bei den folgenden Neuen, die die Direktorin begrüßt, gibt es keine Komplikationen. Soweit ich sehe, ist keine aus unserem Jahrgang und ich habe auch keinen der Namen vorher schon gehört.

Als Miss Manatis alle anderen neuen Mädchen begrüßt hat, wendet sie sich mit etwas erstauntem Gesichtsausdruck mir zu. Denn ich bin immer noch übrig.

„Und wen haben wir hier?“

„Alani Baltico.“ Automatisch gebe ich ihr höflich die Hand. Die gute Erziehung von Mam lässt sich leider nicht so leicht abschütteln. Auch wenn ich eigentlich genauso bewundernswert ablehnend wie Tay sein wollte.

„Baltico … Baltico …“ Die Direktorin sucht unter B am Anfang ihrer Liste, kann den Namen aber nicht finden. „Nein, merkwürdig, du bist nicht auf meiner Liste.“

Es ist eine Sache, irgendwo nicht hinzuwollen. Es ist aber eine ganz andere Sache, dann doch dort zu sein und plötzlich festzustellen, dass der eigene Name nicht vorhanden ist, man natürlich sofort denkt, dass die einen dort genauso wenig oder vielleicht sogar noch weniger wollen. Was erstaunlicherweise ein echt mieses Gefühl ist!

Ich bin ziemlich geschockt. Was soll das bitte genau heißen, mein Name ist nicht auf der Liste?

Ich spüre, wie ich korallenrot im Gesicht werde. Die Meermädchen hinter mir fangen an zu murmeln.

Diese schimmeligen Meerkatzen! Am liebsten möchte ich mich wie eine Krabbe im Meerboden verbuddeln. Alle Augen starren mich an. Fischige Flossenkrätze, ist das peinlich!

Auch Miss Manatis guckt mich prüfend an. „Du heißt Alani? Hm, ich meine, ich hätte zumindest deinen Vornamen irgendwo gesehen. Alani, ein hübscher Name. Mal sehen, ob ich dich nicht doch finden kann …“

Einen langen Augenblick lang sucht sie in Papieren, die auf ihrem Schreibtisch liegen.

Meine Gedanken tanzen Meertango. Mein Name steht nicht auf der Liste. Was soll das heißen? Bin ich vielleicht im falschen Internat? Hat der schwarze Mann an der falschen Höhle geklopft? Muss ich jetzt wieder nach Hause?

„Alani … Alani …“, murmelt die Direktorin suchend vor sich hin. Dann plötzlich lächelt sie. „Oh ja, hier bist du. Ich bin sicher, es gibt kein anderes Mädchen, das Alani heißt. Allerdings stehst du auf meiner Liste als Alani Andros.“ Sie lächelt mich freundlich an. „Andros, der Name einer griechischen Insel.“

Alani Andros? Griechische Insel? Was soll das nun wieder? Ich verstehe nur Meerbahnhof.

Miss Manatis guckt mich einen Moment nachdenklich an. Der Ausdruck in meinem Gesicht muss wohl auch ohne Worte deutlich genug sein. Sie vertieft sich wieder in ihre Papiere.

„Ach so …, ja …, ich verstehe …“ Sie hebt ihren Kopf und sieht mich nun doch sehr ernst an. Nicht unfreundlich, aber ernst.

Als wolle sie mich auf einen mittelschweren Schock vorbereiten. Mir wird ein wenig flau im Magen. Eine kleine warnende Panikwelle schießt mir durch den Körper.

„Ja, Alani“, beginnt Miss Manatis zögerlich, „ich bin etwas erstaunt, dass dir niemand vorher die Situation erklärt hat, und ich – ähm – ich bin nicht ganz sicher, was ich dir jetzt …“

Sie bricht ab und versucht, zuversichtlich zu lächeln. Aber sogar ich kann die Ratlosigkeit in ihrem Gesicht sehen.

„Nun ja“, beginnt sie dann, „eigentlich ist es ganz einfach …“

Einfach? Ich finde nichts hier gerade sehr einfach.

„… du bist“, fährt die Direktorin fort, „nach deiner Geburt zu Pflegeeltern gekommen, die hier mit …“ Sie schaut wieder kurz runter zu ihren Papieren. „… Rosso und Amina Baltico benannt sind.“

Sie guckt mir prüfend ins Gesicht.

Will sie checken, ob ich noch zuhöre oder ob ich schon ohnmächtig geworden bin?

Dann redet sie langsam weiter. „Und ein Rechtsanwalt namens Joruna Nort ist offenbar von deinem Vormund eingesetzt worden, um dir seine Wünsche mitzuteilen, was deine Erziehung angeht.“

Vormund? Das ist doch jemand, der über einen bestimmt, wenn es keine Eltern mehr gibt, die über einen bestimmen können.

Aber ich habe doch Eltern! Mam und Pap!

Die Gedanken in meinem Kopf beginnen zu schwimmen wie die Meerwasserstrudel, vor denen Mam mich immer warnt. Alles dreht sich.

Moment, ganz langsam! Was genau hat diese Miss Manatis gesagt?

Ich heiße überhaupt nicht Baltico? Rosso Baltico ist nicht mein Vater? Mam und Pap sind nicht meine Eltern? Sie sind nur meine Pflegeeltern? Und dieser schwarze Kerl, der bei uns aufgetaucht ist, wurde von meinem Vormund geschickt und dieser Vormund oder vielleicht sogar dieser schwarze Feuerschwanz selber kann mehr über mich bestimmen als Mam und Pap? Wovon redet diese Frau?

Ich fühle mich, als müsste ich mich übergeben. Ich kann einfach nicht glauben, was ich gerade gehört habe. Aber irgendwie – auf eine grässlich schmerzhafte Art und Weise – macht es … Sinn.

Deshalb war Pap so wütend. So hilflos. So …

Deshalb musste ich hierher, auch wenn Mam und Pap das gar nicht wollten. Dieser dunkle Kerl oder der Kerl, der hinter ihm steht, bestimmt. Er bestimmt über mein Leben.

Aber – wie kann das sein! Wie kann so etwas sein! Wieso kann ein Feuerschwanz einfach über mein Leben bestimmen?

Mir dreht sich der Magen um. Ich gucke die Direktorin an. Ich fühle mich elend. Als hätte man mir sämtliche Kraft geraubt. Als hätte man mir nicht nur meine Schwanzflosse abgenommen, sondern auch beide Arme, alles rauscht plötzlich …, als wäre ich wieder mitten im Strom …, ich höre nichts mehr …, ich …

„Alani! Meine Güte!“

„Achtung, sie fällt zu Boden!“

„So fang sie doch jemand auf!“

Ich höre Geräusche. Viele Geräusche. Stimmen. Stimmen, deren Worte ich nur noch bruchstückhaft verstehen kann. Alles um mich herum rauscht und blubbert.

„ALANI! Kind, komm doch zu dir!“

Was? Was …? Schlägt mir da jemand ins Gesicht? HE! Aufhören! Nein, geht weg! Ich will nicht aufwachen! Ich will nichts mehr hören! Gar nichts mehr! Ich hab genug für heute! Lasst mich in RUUHE!

Und dann habe ich endlich Ruhe. Ich höre nichts mehr. Nur noch das einlullende Rauschen von Wasser …

Stinkiges erwachen

„AU! AUA!“

Langsam höre ich die Stimmen wieder lauter. Lauter und auch deutlicher. Dafür wird das Rauschen in meinem Kopf leiser und leiser. Aber – oh – warum schlagen die mich denn immer noch?

Mistiger Meermann, hören die jetzt mal bitte wieder auf, mir dauernd ins Gesicht zu klatschen?

„AU! Aufhören!“

„Ich glaube, sie ist aufgewacht, Miss Manatis.“

„Wirklich? Lasst mich mal sehen! Ja, sie scheint zu sich zu kommen. Sehr gut!“

Ich schlage die Augen auf und sehe direkt in das Gesicht der Direktorin, das etwa drei Zentimeter über meinem hängt. Uff! Da mache ich die Augen doch gleich noch mal zu!

Und wieder auf. Denn – äh, bäh, prust – was ist denn das für ein widerliches Zeug, das mir die Schulleiterin da unter die Nase hält? Das stinkt ja so seegrottengruselig grässlich, dass sich mir alle Schwanzschuppen zusammenziehen!

„Na, mein Kind? Fühlst du dich besser?“

Besser? Wo bin ich? Was ist passiert? Warum …?

Oh, heiliger Wasserfloh! Mir ist schlecht.

Warum ist mir schlecht? Ach ja, meine Eltern …

Nein, mir ist schlecht, weil mir diese Miss Manatis dieses Stinkerzeug unter die Nase hält. Weg damit!

„He, he, junge Meerdame! Nicht so heftig, wenn ich bitten darf!“

Miss Manatis guckt ein klein wenig missbilligend auf mich herunter. Dabei habe ich ihr nur ganz sanft dieses eklig stinkende Fläschchen aus der Hand geschlagen. Kann ja mal passieren. Ist doch praktisch eine automatische Überlebensreaktion.

Sie guckt noch missbilligender.

Na schön, ich sollte mich vielleicht entschuldigen. Sieht so aus, als hätte ich aus Versehen auch ihre Brille mit erwischt. Oder warum sitzt die plötzlich so schief auf ihrer Nase und warum fummelt sie daran herum, um sie wieder gerade zu kriegen?

„Tut mir leid, Miss Manatis … Ich … ich glaube, ich bin …“

Die Direktorin wird sofort freundlicher. „Ist schon gut, mein Kind. Wenn du all diese Dinge von mir zum ersten Mal gehört hast, ist es klar, dass das für dich ein Schock war.“ Sie lächelt jetzt wieder.

(Allerdings hält sie auch schützend eine Hand vor ihre Nase.) „Kannst du aufstehen? Fühlst du dich besser?“

Ich atme tief durch und richte mich dann entschlossen auf. Natürlich kann ich aufstehen! Ich bin doch keine Wabbelqualle!

Miss Manatis lächelt jetzt so freundlich, wie sie kann. „Ich denke, du lässt alles erst einmal sacken und lebst dich hier in aller Ruhe ein. Wirst sehen, es wird dir gefallen!“

Meine Miene wird sofort düsterer. Gefallen! Na sicher. Zwischen all den Glitzerfischen! Und dazu noch in einer Schule, die mir erzählt, ich wäre überhaupt nicht die, die ich bin!

Wer soll das sein, diese Alani Andros? Ich bin Alani Baltico! Mams und Paps Tochter! Und niemand sonst!

Ich starre finster all die Meermädchen um mich herum an, die mich angucken, als wäre ich gerade erst ins Meer gepurzelt. Was soll das? Man kann doch wohl mal ein kleines bisschen ohnmächtig werden!

Miss Manatis klatscht in die Hände, um die Aufmerksamkeit wieder auf sich zu lenken. Ich bin ihr fast dankbar. Ich werde nicht gerne wie ein Mondfisch angeglotzt.

„Meermädchen! Geht jetzt bitte alle in eure Schlafgrotten und packt eure Koffer aus. Eure Paten werden euch hinführen. In einer halben Stunde ist das Abendessen fertig.“

Und mit einem letzten Lächeln in die Runde ist sie aus dem Raum geplätschert und lässt ein lauter und lauter werdendes Getuschel zurück.

Pah, sollen diese Meerkatzen nur tuscheln. Das kratzt mich doch überhaupt nicht eine Schuppe breit!

Aber wo ist eigentlich meine Schlafgrotte? Und wo ist meine Patin? Ich bemerke, dass Miss Manatis völlig vergessen haben muss, mir zu sagen, wer meine Patin ist.

Ich sehe, wie Tay – wilde Grimassen in meine Richtung schneidend – hinter dem Kettenständer herschwimmt.

Ich grinse als Antwort etwas hilflos.

„Wir sehen uns gleich beim Essen!“, ruft Tay mir noch zu. Dann ist sie draußen.

So wie auch bald alle anderen neuen Mädchen mitsamt ihren Paten.

Nur ein Meermädchen bleibt zurück wie ich. Blue! Das Mädchen, das wir auf dem Hinweg kennengelernt haben. Oh nein! Ausgerechnet die!

„Hallo, Alani.“ Sie schwimmt auf mich zu und

guckt mir seegrasgerade in die Augen. „Ich bin deine Patin.“

Ohne noch mehr zu sagen, macht sie schon ein paar Schwimmzüge in Richtung Tür – vermutlich nimmt sie an, ich würde ihr folgen –, dreht sich dann aber noch mal um. „Hab ich mir nicht ausgesucht. Kannst du mir glauben.“

Ich glaube ihr aufs Wort. Sehr begeistert sieht sie nämlich nicht aus.

„Komm, ich zeige dir deine Schlafgrotte. Du bist in der Bernstein-Grotte.“

Bernstein? Das ist Paps Lieblingsstein. Bernsteine gibt es haufenweise im baltischen Meer, das die Landmenschen Ostsee nennen, Paps alter Heimat. Er hat mir zu meinem siebten Geburtstag eine kleine Kette mit einem Bernsteinanhänger geschenkt, der mir Glück bringen soll.

Ich taste automatisch an meinen Hals und nach meinem Anhänger, der in allen Gold- und Brauntönen schimmert. Ist das nun ein gutes oder ein schlechtes Zeichen, dass unser Schlafsaal Bernstein heißt?

Es scheint ein gutes Zeichen zu sein. Als wir dort ankommen, sehe ich nämlich schon Tay und ihren Kettenständer drinnen herumschwimmen.

Über Tays Gesicht huscht ein Lächeln. „Du

schläfst auch hier? Hey, sandig!“

Dann übernimmt der Verkaufsständer für Kettchen das Wort. „Hallö, iss heisse Mönne!“

Mönne kommt von sehr weit her aus den kalten Gewässern vor Island, was ihren komischen Akzent erklärt, und erzählt uns, dass es in Korallenkrone viele verschiedene Schlafgrotten gibt, die sich jeweils fünf Meermädchen desselben Jahrgangs teilen. Bereitwillig schwimmt Mönne von einem Bett zum anderen und macht uns mit den restlichen Mädchen bekannt.

Da ist zuerst das eine der Meermädchen, das wir schon im Strom gesehen haben: Nemone. Polo hatte uns bereits gesagt, dass sie so heißt.

Nemone sieht so glitzerig und mit Kettchen behängt aus, wie man nur glitzern kann.

Das nächste Mädchen wird uns von Mönne als Maris Meerstern vorgestellt.

Und als Maris einen Augenblick ins Bad nebenan schwimmt, raunt uns Mönne schnell ins Ohr: „Ihr kennt döch Mono Meerssstern?“ Sie zieht vielsagend ihre Augenbrauen hoch.

Äh – nein. Wer bitte ist Mono Meerstern?

„Ihr wissst döch! Der berühmte Pöpsänger!“ Mönne guckt uns erwartungsvoll an.

Aber weder bei Tay noch bei mir breitet sich Verstehen aus.

Popsänger? Na schön, ich mag ja aus den weitesten Weiten der Weite kommen, aber auch wir kennen Popsänger! Und von einem Mono Meerstern hab ich echt noch nie gehört! Also kann er ja wohl SO bekannt nicht sein.

Mönne klingt jetzt, als würde sie uns ein ungeheuer wichtiges Geheimnis verraten. „Mono Meerstern isst Maris’ Vaader!“

So. Aha. Na und? Dann hat diese Maris eben einen Popsänger-Vater. Wessen Schuppen kratzt das denn bitte?

„Sehr beeindruckend“, sagt Tay in ihrem supergelangweilt-und-überhaupt-gar-nicht-beeindruckt-Ton.

Mönne sieht ein klein wenig verletzt aus.

Doch bevor wir noch die Wichtigkeit oder Unwichtigkeit von Popsängern im Allgemeinen und

Popsänger-Vätern im Besonderen diskutieren können, kommt diese Maris Meerstern schon aus dem Bad zurückgeschwebt.

Ja, geschwebt. Kratziger Kugelfisch! Die benimmt sich, als wäre sie selbst auf einer Bühne. Erwartet sie, dass wir jetzt applaudieren?

Tay grinst verächtlich und dreht sich dann zu ihrem Schrank, um mit dem Einräumen zu beginnen. Ich will schon das Gleiche tun, da fällt mir auf, dass ich noch gar nicht weiß, wer in dem fünften Bett schläft.

Ich drehe mich mit fragendem Blick zu Blue um, schließlich ist die meine Patin und sollte mir doch auch mal was erklären. „Und wer schläft da?"

„Ich", sagt Blue ganz einfach und sieht noch weniger begeistert aus.

Oh.

Hilfe! Ein Glitzermädchen, eine Bühnendiva und ein schlechtlauniges Meermädchen namens Blue, das Tay und mich anscheinend zum Kotzen findet. Was für ein meermuscheliger Anfang in Korallenkrone! Genau so hab ich es mir vorgestellt!

Bin ich froh, dass wenigstens Tay neben mir schläft!

das leben ist ein fließender strom

Das Leben ist ein fließender Strom, sagt Pap immer. Man schwimmt und schwimmt und schwimmt immer weiter. Man kann gar nicht anders. Die Strömung des Lebens zieht einen einfach mit. Stillstehen und auf der Stelle schwimmen gibt's nicht.

Na schön, ich will ja gar nicht stillstehen. Aber mein Leben fühlt sich im Moment an wie ein reißender Strudel, der mich in die Tiefe zu zerren droht. Und – ganz ehrlich – soll das so sein, Pap?

Ich hocke in einer Höhle tief drinnen im Riff, die sie hier Gemeinschaftsraum nennen, und beobachte die blöden Meerkatzen um mich herum. Nicht nur, dass sie alle fischstinkig glitzerig und dämlich aussehen, nein, sie haben bestimmt auch alle eine ganz normale Mutter und einen ganz normalen Vater. Und keinen dunkel schimmernden Feuerschwanz, der plötzlich auftaucht, und keinen Vormund, den sie noch nicht mal kennen.

Warum ich?

Und warum, warum, warum überhaupt?

„Hey!“ Tay schwimmt auf mich zu. „Denk dir nicht den Kopf wässerig! Du wirst schon noch herausfinden, wer du bist!“

Ich glaube, Tay versteht mich wenigstens. Das ist ein gutes Gefühl. Das einzig gute Gefühl, das ich im Moment habe.

Tay und ich haben nach dem Abendessen lange geredet. Sie hat mir von ihren Eltern erzählt und ich hab ihr alles von dem merkwürdigen Besuch des Feuerschwanzes vor einer Woche berichtet.

„Warum haben deine Eltern dir denn nie gesagt, dass sie nicht deine richtigen Eltern sind?“, hat Tay gefragt.

Und – ja – das ist wohl eine berechtigte Frage! WARUM? Ich meine, so schlimm wäre das doch auch nicht gewesen. Es gibt doch eine Menge Kinder, die adoptiert sind oder so. Und wenn ich das immer schon gewusst hätte, dann wäre es auch jetzt nicht so ein Schock für mich gewesen.

Aber ein Schock, das war es. Und der rumort immer noch in jedem Knochen, in jeder Schuppe und in jeder Haarspitze von mir herum. Er ist … ja, er ist wirklich wie ein Strudel, der einen in die Tiefe zerrt.

Und die schreckliche Wahrheit hinter dem Schock, die gibt mir das Gefühl zu ertrinken …

Ertrinken! Wenn Meermenschen ertrinken, sind das die tragischsten Tode überhaupt. Grundsätzlich ertrinken Meermenschen natürlich nie. Wir können ja im Wasser, anders als die Landmenschen, problemlos atmen. Wenn aber irgendetwas unsere natürliche Atmung blockiert, etwas wie ein schwerer Schock zum Beispiel, dann … ja, dann können auch wir ertrinken.

Ich atme schwer und heftig.

Tay ist sofort an meiner Seite. „Alani! Nimm dir das nicht so zu Herzen! Rede erst mit deinen Eltern darüber! Du hast mir doch selbst gesagt, dass du genau weißt, dass sie dich lieben. Also!"

„Also was?"

„Also hat sich doch eigentlich gar nichts geändert."

Was soll das heißen, nichts geändert? Hat Tay Seegras inhaliert?

„ALLES hat sich verändert! Mein ganzes Leben! Mein Name! Ich!", schreie ich verzweifelt.

„Quirliger Quallenquark!", grinst Tay da und legt einen Arm um mich. „Dich kann gar nichts verändern! Nichts auf der ganzen Welt. Es macht doch keinen Unterschied, ob du nun Andros oder Baltico oder Matschfisch heißt. Du bleibst doch trotzdem dieselbe Person!“

Hm. Ich starre auf den hellrosa Boden des Raumes und höre ihr zu.

Mein Kopf sagt mir natürlich, dass sie recht hat. Aber mein Gefühl … mein Gefühl ist so … so wahnsinnig enttäuscht. Verletzt. Warum? Warum haben Mam und Pap mich nie gewarnt, dass so etwas passieren könnte? Dass irgendwann einfach ein wildfremder Meermann kommen und mich in irgendein fischstinkiges Internat abkommandieren könnte? Warum haben sie mich darauf nicht vorbereitet?

„Ruf deine Eltern doch an und frag sie“, schlägt Tay vor.

Ich seufze tief.

Aber dann fällt mir bei dem Wort Anruf Petin ein. Meine Meermuschel! Der arme Kerl sitzt ja noch zu Hause und wartet, dass er losschwimmen kann.

Ich wühle mein Muschelfon aus meiner Tasche und tippe hastig seine Nummer ein. Doch bevor ich noch seine Stimme höre, rupft mir ein älteres Meermädchen mein nagelneues Fon aus den Händen.

„Muschelieren ist nur draußen und nur nach den

Schulstunden und vor dem Abendessen gestattet." Sie hält es so geschickt hinter ihrem Rücken, dass ich nicht herankomme. „Du kriegst es morgen nach dem Unterricht wieder."

Was ist? Die Glitzerschnecke will mir mein Muschelfon klauen? Na warte!

Ich brauche Tay gar kein Zeichen machen. Im Kämpfen haben wir seit heute einige Übung. Wir nicken uns nur einmal kurz zu und ab geht's.

Tay zwickt das Meermädchen mit beiden Händen ziemlich kräftig in ihren bunten Po. Und während das Mädchen noch empört „Aua!" schreit und nach hinten an ihre schmerzende Stelle fasst, greife ich mir schon mein Muschelfon, das für eine Sekunde frei im Raum treibt. Und weg bin ich.

„Oh nein!", höre ich noch Tays Stimme hinter mir rufen. „Das gibt's ja nicht! Habe ich etwa deinen Hintern getroffen? Oh je! Ich dachte, das wäre die Rücklehne des Sessels und ich wollte nur mal den schönen Stoff fühlen und da muss ich wohl … Ich bin ja wohl wirklich blind! BITTE ENTSCHULDIGE!"

Der Rest geht unter im Gelächter einiger Meermädchen. Aber ich schwimme lieber weiter, so schnell ich kann. Ich bin sicher, Tay kommt sehr gut alleine klar.

Als ich weit genug weg in einem anderen Teil der riesigen Schule bin und mich überall vergewissert habe, dass auch niemand in der Nähe ist, halte ich an und wähle eilig noch mal.

„Petin!“

„Alani! Endlich! Ich hab mir schon Sorgen gemacht! Ich hab …“

Ach, ist das schön, Petins Stimme zu hören! Ich lasse mich nach unten auf den Boden sinken, kuschele mich mit dem Rücken gegen eine Wand und lausche seinem aufgeregten Blubbern.

Dann allerdings muss ich ihm gestehen, dass ich in Korallenkrone bin. Entgegen unserer Abmachung. Und im Grunde sogar freiwillig. Obwohl ich es möglicherweise bereuen werde. Ich seufze.

„Matschiger Meermann, Alani!“, stöhnt Petin. „Und wie kommst du da wieder weg, wenn du es nicht mehr aushältst?“

„Keine Sorge, Petin“, sage ich fester und überzeugender, als ich mich eigentlich fühle, „wenn ich hier wegwill, dann schafft es auch eine Schule wie Korallenkrone nicht, mich zu halten!“

Ich höre Petins zufriedenes Lachen.

„Und vergiss nicht, Lani“, setzt er dann noch hinzu, „wann immer du mich brauchst, bin ich da!“

„Danke, Petin!“

Es ist gut, Freunde zu haben. Wirklich gut. Das Beste in der Meerwelt, glaube ich.

Und dann erzähle ich Petin davon, dass Mam und Pap nicht meine richtigen Eltern sind. Und genau wie Tay findet er diese Tatsache an sich gar nicht so schrecklich, sondern fragt einzig und allein, warum sie mir das nie vorher gesagt haben.

Ja, warum nicht? Warum, warum, warum?

Die vielleicht nicht ganz unwichtige Nebensächlichkeit, dass ein schwarzer Feuerschwanz und sein Boss mehr über mich bestimmen können als Mam oder Pap, findet er allerdings auch ein wenig besorgniserregend.

Als ich zum Gemeinschaftsraum zurückschwimme, zermartere ich mir das Hirn immer noch darüber. Wie kann so etwas sein? Aber ich fühle mich trotzdem besser als vorher. Viel besser.

Und als ich wenig später im Schlafsaal von Korallenkrone liege und gedankenverloren ein wenig an Alexis und Nikos herumquetsche, die sich natürlich pünktlich im schlechtesten Moment wieder aus der Tiefe meiner Haut herausgebuddelt haben, als hätte ich sonst keine Sorgen, da denke ich darüber nach, wie rasend schnell der Strom des Lebens manchmal fließen kann. Aber in einen Strudel, nein, in einen Strudel – das nehme ich mir fest vor – werde ich mich nicht reißen lassen!

Ich lächele. Fast ein bisschen über mich selbst. Denn das erste Mal stören mich meine Pickel beinahe gar nicht. Alexis und Nikos sind wie alte Freunde und geben mir fast ein Gefühl von Zuhause. Ein muschelig-kuscheliges Gefühl von Zuhause.

Zuhause … ach.

Wo ist eigentlich mein Zuhause, wenn es nicht das Haus von Mam und Pap ist? Habe ich oder hatte ich noch ein anderes Zuhause?

Aber wie kann – wie könnte das nur sein? NEIN! Das kann doch alles gar nicht wahr sein! Mam hat mir doch ständig erzählt, wie es war, als ich geboren wurde.

Allerdings – halt, nein, wenn ich es mir genau überlege, hat Mam eigentlich nie davon erzählt, wie ich geboren wurde, sondern immer nur von der Zeit kurz danach. Als ich bereits geboren war. Sie hat nie von der Geburt selber erzählt. Immer nur davon, wie ich als Baby gewesen bin. Also bin ich wirklich erst nach meiner Geburt zu Mam und Pap gekommen? Und dann ist doch alles … wahr?

Aber wo – bei wem – war ich dann davor? Wer sind meine richtigen Eltern?

Meine Meerwelt! Ich glaube, ich muss jetzt schlafen. Das werden allmählich zu allumfassende Gedanken. Was zu viel ist, ist zu viel. Man kann nur einen Hering nach dem anderen essen, sagt auch Mam immer. Recht hat sie. Und jetzt ist es Zeit zu schlafen.

Und das tue ich.

Aber viele, viele Wörter wirbeln noch die ganze Nacht kunterbunt durcheinander in meinen Träumen herum …

Andros … Joruna Nort … Vormund … Pflegeeltern … Vergiss nie, meine Muscheltochter … griechische Insel … Korallenkrone … Rosso Baltico … Alexis und Nikos …

Guten Morgen in Korallenkrone!

Ich wache von Meermädchengekicher auf und davon, dass mich jemand an den Haaren zupft.

Also wirklich! Was ist das denn für eine Art! Ich schlafe! Könnt ihr nicht leise kichern? „Aufstehen, du faule Flunder! Raus aus der Koje!“

Und schwupp, hat auch schon jemand meine Bettdecke weggezogen.

Na, das ist ja ein starkes Stück! Empört schlage ich die Augen auf, öffne meinen Mund und … äh … lasse die Worte lieber im Hals stecken. Denn ich blicke nicht in die Augen einer meiner Bettnachbarinnen, sondern in die einer sehr streng aussehenden Meerdame.

„Guten Morgen! Alani, oder?“ Die Meerdame zeigt den Ansatz eines Lächelns. „Herzlich willkommen auf Korallenkrone. Ich bin Miss Lophelia, deine Meerhausmutter. Wenn du Probleme oder Fragen hast, kannst du zu mir kommen. Und falls du es noch nicht weißt, wir stehen hier alle pünktlich mit den ersten Fischen auf." Sie sieht mich prüfend an. „Du hast noch genau zehn Minuten, um deine Haare zu richten und dich frisch zu machen. Also, hopp-hopp raus aus den Decken!"

Ich atme tief durch und lehne mich dann wieder etwas zurück. Zehn Minuten? Dann ist ja alles in Lachsbutter. Noch neun Minuten zum Schlafen, juchhu. Mehr als eine Minute brauche ich morgens nie. Wofür auch?

Bei meiner sichtbaren körperlichen Entspannung spannt sich das Gesicht von Miss Lophelia sofort etwas mehr an. Meine Meerwelt, die wird doch nicht schon am frühen Morgen ernsthaften Stress machen? Was haben die hier bloß für strenge Regeln!

Als hätte sie meine Gedanken gelesen, fängt Miss Lophelia an, mir einen Vortrag zu halten. Über die sinnvolle Notwendigkeit von Regeln und über die zum Glück sehr selten vorkommenden Missachtungen, die völlig überflüssige Ärgernisse nach sich ziehen. Und über eine Menge Dinge dazwischen, die ich nicht ganz mitbekomme, denn wer kann schon frühmorgens so einen Haufen Sätze in sein noch halb schlafendes Hirn kriegen?

Mir brummt der Schädel, als die Meerhausmutter endlich aus unserer Tür rausschwimmt.

„Noch acht Minuten!", ist das Letzte, was sie in unsere Grotte ruft.

Meckernde Matschmakrele!

Ups –, ich muss die letzten Worte wohl ein wenig zu laut gedacht haben, denn Tay paddelt – freundlich Wasser in mein Gesicht schwappend – über mein Bett und grinst von dort oben wohlwollend auf mich herunter.

„Ganz deiner Meinung! Gut geschlafen?" Ihre Stimme klingt hellwach.

„Geht so", grunze ich und erinnere mich bruchstückhaft an meine wirren Träume.

Nun kommt auch diese Nemone dazu. Uiii! Die sieht ja frisch und strahlend aus, als käme sie gerade von einer kleinen Paddeltour in dem riesigen Meeresgarten vor unserer Haustür zurück. Und – meine Meerwelt! – vielleicht ist sie das ja auch.

Sehe ich richtig, hat sie da sogar eine frische Blume im fein geflochtenen Haar? Schuppiger Schimmelschreck! Das ist doch unheimlich! Wie können

Meermädchen um diese Uhrzeit schon so frisch und munter aussehen?

„Das, was man in der ersten Nacht in einem neuen Bett träumt, geht in Erfüllung", lächelt Nemone.

„Oh, bitte nicht", murmele ich mit einem erschöpften Seufzer. Dann taste ich vorsichtig nach Nikos und Alexis.

Beide noch da. Natürlich. Ausgesprochen verlässlich, die beiden.

„Die kriegst du ganz leicht mit etwas Korallenkalk verdeckt", lächelt Nemone ungebrochen. „Warte, ich hole dir schnell eine Tube aus meinem Koffer." Und schon ist sie eilig weggewedelt und fummelt weiter hinten im Raum unter ihrem Bett rum.

Tube? Korallenkalk? Quallenquark! So ein Zeug brauche ich nicht.

Ich mache vorsichtig ein paar Bewegungen mit meiner Schwanzflosse, um ein wenig Wasser zwischen mich und mein Bett zu kriegen. Vielleicht wache ich davon langsam auf.

„Ich hab gehört", raunt Tay in mein Ohr, „wenn man zu spät zum Frühstück kommt, wird man nicht mehr in den Esssaal gelassen und muss ohne was im Magen zum Unterricht."

Diese Vorstellung ist nicht nur für Tay erschreckend, sondern auch für mich. Ich habe morgens einen ausgesprochen gesunden Appetit!

„Gibt's ja wohl nicht! Was haben die hier denn für hammerhaiharte Regeln? Sind wir im Gefängnis?" Tay grinst. „Lass uns die Höhle heute in Ruhe angucken. Wir werden die Glitzerfischchen mitsamt ihren Heringshausmüttern schon noch gründlich aufmischen!"

In diesem Moment ist Nemone wieder vor mir. Mit Tube in der Hand. „Soll ich dir auch schnell mit deinen Haaren helfen? Die sind ja wunderschön. Ich hab schon eine Idee ... steht dir bestimmt prima!"

„Äh ..." Ich weiß nicht genau, was ich sagen soll. Haare? Die sind doch noch dran, oder? Ich taste rasch hin. Ja. Alles in Ordnung also. Ich hatte nicht die Absicht, irgendetwas mit meinen Haaren zu machen.

Tay kann ein Kichern nicht unterdrücken.

Ich gucke sie böse an. Mit ihren kurzen Locken kommt sie natürlich nicht in Schwierigkeiten. Aber ich nehme an, so streng, wie die hier sind, wollen die, dass ich mir meine Haare tatsächlich irgendwie zusammenstecke. Krätziger Kugelfisch!

„Soll ich?" Nemone hält eine Bürste in der Hand und ist bereit loszulegen.

„Noch vier Minuten!“, höre ich eine piepsig glitzerige Stimme von weiter hinten. Diese Maris tänzelt an uns vorbei und lächelt fischstinkig fein.

„Also bitte“, sage ich ergeben zu Nemone und halte ihr meinen Kopf hin, „äh, ich meine, danke, das ist echt nett von dir.“

„Gerne“, antwortet Nemone und zerrt und zupft nur halb so viel wie Mam gestern an meinen Haaren herum und bereits nach weniger als zwei Minuten ruft sie ein fröhliches „Fertig!“ in den Raum.

„Sandig!“, murmele ich nicht sehr überzeugt. „Danke.“

Ich schwimme schnell rüber ins Bad und gucke vorsichtig in den Spiegel.

Na gut, erträglicher, als ich dachte.

Nemone hat auf jeglichen Glitzerschnickschnack verzichtet und meine Haare nur zu einem langen Zopf, der bereits hoch oben an meinem Hinterkopf anfängt, geflochten.

In diesem Moment höre ich Maris über etwas stolpern.

„Wer hat denn hier mitten im Weg …?“

„Das ist Alanis Koffer“, höre ich Blues Stimme.

Ich schwimme zurück in den Schlafraum.

Maris beäugt meinen Koffer mit hochgezogenen Augenbrauen. „Ach du je, der ist ja ziemlich verbeult.“ Ihre Stimme klingt abwertend und hochnäsig.

„Ja“, sage ich laut und deutlich und kann mir ein verächtliches Schnauben nicht verkneifen, „die Beulen stammen von einem kleinen aufdringlichen Hai, dem ich auf dem Weg zum Strom mal kurz erklären musste, dass ich nicht die Absicht habe, sein Frühstück zu werden.“

Ich finde, ob es nun Pap war oder ich, der dem Hai den Koffer ins Maul gerammt hat, ist doch letztendlich egal, oder?

„Du hast mit einem Hai gekämpft?“ Diese Maris Meerstern sieht aus, als bräuchte sie in Kürze auch was von dem grässlichen Riechsalz, das mir Miss Manatis gestern unter die Nase gehalten hat.

„So was macht Alani alle Tage", behauptet Tay nun, als wäre es das Selbstverständlichste der Welt. „Als wir beide gestern im Strom gereist sind, haben wir uns zusammen mal eine von diesen ekligen Killermuränen vorgenommen. Das freche Viech hat geglaubt, es könne ein kleines Meermädchen verspeisen."

Maris starrt uns an, dass man Sorge kriegt, ihre Spangen und Kettchen und Kinkerlitzchen könnten ihr zusammen mit ihren Augen vom Kopf springen. Ganz offensichtlich weiß sie nicht, ob sie uns etwas so Unfassbares glauben soll.

Nur Blue sieht mit offenem Mund und fast ein wenig Bewunderung im Ausdruck zu uns rüber. „Ist das wahr?"

„Das schwöre ich bei meinem Leben", nickt Tay ernsthaft.

Maris schluckt trocken und wird unter ihrer Perlmuttschminke deutlich blasser.

„Kratziger Katzenhai!", murmelt Blue, sieht dabei aber erstaunlich ruhig und beinahe amüsiert aus.

Dann schaut Maris auf ihre Uhr. „Oh, nur noch eine Minute. Wir sollten jetzt vielleicht …?"

„Aber klar!" Tay klatscht unternehmungslustig in die Hände. „Essen brauchen wir unbedingt. Wer weiß, wann der nächste Kampf kommt!"

Maris erblasst wieder, versucht aber, tapfer Haltung zu bewahren und sich nicht allzu viel anmerken zu lassen.

Ich kichere in mich hinein. Als ob Tay oder ich auch nur das kleinste bisschen wild auf irgendeinen Kampf wären! Aber es macht Spaß, diese weicheierigen Meerkatzen ein wenig zu schocken!

brennende fragen

Das Frühstück ist ebenso erstaunlich lecker, wie das Abendessen gestern war. Nicht so gut wie Mams Krabbenmüsli natürlich, aber nicht übel, gar nicht übel!

Tay schlägt sich den Bauch voll, als hätten wir seit Tagen nichts gegessen. Na ja, wir haben schließlich auch eine Menge getan in den letzten vierundzwanzig Stunden!

Mir allerdings liegt während des Essens eine Frage quer im Magen, die mir seit dem Aufwachen nicht mehr aus dem Kopf geht. Mehr als ein paar Löffel Austernjoghurt und ein Eckchen geröstete Alge kriege ich leider nicht runter.

Es ist eine verrückte Frage. Eine Frage, die ich bitte ganz klar mit *Nein* beantwortet haben möchte. Aber wer könnte sie mir überhaupt beantworten?

Ich traue mich nicht mal, Tay nach ihrer Meinung zu fragen.

Als sich der Esssaal wieder leert, schwimmt Miss Manatis, die Direktorin, zufällig an mir vorbei. Und ja, sie ist wohl die Einzige, die mir diese Frage möglicherweise beantworten kann. Ich möchte mich nicht noch eine einzige Stunde länger davon quälen lassen! Auch wenn ein kleiner Teil in mir vor der Antwort zurückscheut. Was, wenn die Antwort nun *Ja* heißt?

Kurzentschlossen fasse ich mir ein Herz.

„Miss Manatis!“ Ich schwimme eilig etwas schneller, um auf einer Höhe mit ihr zu sein. „Miss Manatis, Entschuldigung, darf ich Sie vielleicht noch etwas fragen?“

Die Direktorin hält an und wendet sich mir zu. „Ah, guten Morgen, Alani! Na, gut geschlafen? Hast du dich schon etwas eingelebt?“

„Ich … ja … also …“ Ich streiche mir schnell ein paar widerspenstige Strähnen aus dem Gesicht. „Ich wollte Sie etwas wegen meiner Eltern fragen, ähm, nein, wegen meiner Pflegeeltern, oder nein, ähm, wegen … wegen …“

Miss Manatis zieht mich sanft etwas von den anderen Meermädchen weg und guckt mir aufmunternd in die Augen. „Nur zu, Alani! Frag mich, was du wissen möchtest! Sofern ich es selber weiß, gebe ich dir gern eine Antwort.“

Ich hole tief Luft. „Also, Sie haben doch gestern gesagt, dieser Joruna Nort ist beauftragt, meine Erziehung zu regeln, und meine Eltern sind nur meine Pflegeeltern, und da habe ich mich gefragt … wer eigentlich meine richtigen Eltern sind."

Miss Manatis lächelt. Aber nicht herablassend, sondern irgendwie beinahe mitfühlend. „Ja, das ist verständlich, dass du dich das fragst. Aber – leider, Alani, das steht nicht in meinen Unterlagen. Über deine richtigen Eltern kann ich dir bedauerlicherweise gar nichts sagen."

„Wissen Sie denn nicht mal …", mein Herz klopft, „… ob sie noch leben?"

Miss Manatis atmet leise aus. „Nein, nicht mal das. Tut mir wirklich leid."

Ich gucke ihr jetzt direkt in die Augen. „Und … und …" Ich stelle endlich die schrecklichste Frage, die Frage, die mir in der Brust brennt und die bitte, bitte nicht mit *Ja* beantwortet werden soll! „Und wäre es möglich … ich meine … könnte … könnte dieser Joruna Nort vielleicht … äh … eventuell … mein Vater sein?"

Die Vorstellung lässt mich beinahe würgen. Wenn dieser

grässlich fischstinkige Feuerschwanz, der keinen einzigen freundlichen Ausdruck im Gesicht hatte, wirklich mein Vater ist, dann werde ich sofort mit Petin in die Südsee abhauen. Das schwöre ich!

Miss Manatis sieht mich ehrlich erstaunt an. Dann huscht ein kleines Lächeln über ihren Mund. „Nein, Alani, nein! Das ist völlig ausgeschlossen. In meinen Unterlagen steht zwar, dass ich immer mit ihm Kontakt aufnehmen muss, wenn irgendwelche Entscheidungen, die dich betreffen, anstehen. Aber dort steht auch ganz klar, dass er keinerlei Entscheidungen selbst treffen darf. Es ist der Auftraggeber von Rechtsanwalt Nort, der offensichtlich das offizielle Sorgerecht für dich hat. Und nicht etwa Rechtsanwalt Nort selber. Aber ob dieser Auftraggeber dein Vater oder deine Mutter ist …“ Sie seufzt. „… das weiß ich ehrlich nicht. Und werde es wohl auch nicht herausfinden können. Es könnte auch irgendjemand anderes sein. Vielleicht jemand, der mit deinen Eltern befreundet war. Oder …“ Sie macht eine hilflose Geste.

Ich presse die Lippen zusammen und nicke. „Danke. Das war es eigentlich, was ich wissen wollte.“

„Gerne, Alani!“ Miss Manatis klopft mir sanft auf die Schulter. So übel ist sie vielleicht gar nicht. „Komm bitte immer zu mir, wenn du dir Sorgen über irgendetwas machst oder wenn du noch mehr Fragen hast!"

„Danke." Ich lächele jetzt auch. Wäre doch auch doof, unfreundlich zu sein, wo sie so nett zu mir war.

Miss Manatis nickt mir zum Abschied zu und schwimmt dann weiter.

Ich bleibe zurück und genieße, wie sich der dicke, drückende, schwarze Feuerschwanz-Kloß in meinem Bauch langsam wieder auflöst und ich wieder tief durchatmen kann. Was für eine Erleichterung! Der Feuerschwanz ist auf keinen Fall mein Vater! Ranziger Riesenrochen, wäre das eine grässlich gruselige Vorstellung gewesen!

„Was war denn?" Tay schwimmt heran und sieht mich neugierig an.

Ich erzähle ihr kurz, was ich von Miss Manatis gehört habe.

„Du wirst vielleicht niemals herausfinden, wer deine Eltern sind", gibt Tay zu bedenken und sieht mich nachdenklich an.

Niemals? Oho, da kennt sie aber Alani Baltico schlecht! Oder zum kratzigen Kugelfisch, meinetwegen Alani Andros!

Ich schwöre, dass ich alles herausfinden werde! Alles! Das wäre doch noch schöner! Ich lasse mich doch nicht von irgendjemandem irgendwohin verschicken, ohne zu wissen, was hier überhaupt läuft!

In diesem Augenblick klickt das Muschelfon in meiner Tasche.

Ich schaue mich eilig um, ob mich niemand beobachtet. All diese lästigen Verbote in Korallenkrone! Dann gehe ich ran.

„Hallo, hier ist Alani Balti…" Ich breche ab und fange noch mal neu an. „Hier ist Alani!"

Eine aufgeregte Stimme blubbert mir entgegen. „Lani! Wir haben gerade die Zeitung gelesen und Mam ist beinahe in Ohnmacht gefallen! Du hast mit einer KILLERMURÄNE GEKÄMPFT?"

Ach, Pap, denke ich und lächle. Wenn es nur das wäre! Aber die Killermuräne war wohl nur der Anfang zu einem Abenteuer, das mit jeder Stunde größer zu werden scheint. Und wo es mich hintreiben wird, das werde ich wohl erst wissen, wenn ich dort angekommen bin. Wo immer das sein wird!

„Pap! Wie geht's dir? Und wie geht's Mam? Und Sassi?" Es fühlt sich an, als hätte ich sie alle Jahre nicht gesehen.

Oh, wie gern würde ich Mam und Pap jetzt umarmen! Wie gern würde ich mich von ihnen umarmen lassen!

Ich schildere Pap in aller Ausführlichkeit den

Kampf mit der Muräne, der inzwischen schon wieder endlos her zu sein scheint. Dann reden wir eine Weile über Mam und Sassi und ein paar Freunde aus den weitesten Weiten der Weite. Danach stellt Pap mir hunderttausend Fragen über Korallenkrone und die Lehrerinnen und die anderen Meermädchen und den Unterricht.

„Zum Unterricht kann ich noch gar nichts sagen, Pap. Aber gleich geht es los. Ich melde mich dann Ende der Woche wieder und erzähle euch davon."

Dass ich fürchte, dass auch Bauchwackeln auf dem Programm steht, verschweige ich lieber. Für so was hätte Pap wirklich kein Verständnis.

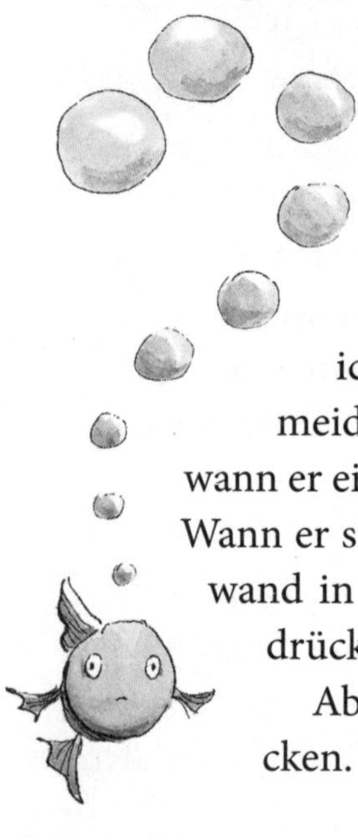

Und dann …

… kann ich mich doch nicht zurückhalten, noch die Frage aller Fragen zu stellen. Auch wenn ich ahne, dass Pap das lieber vermeiden würde. Ich kenne ihn. Ich weiß, wann er einer Sache lieber aus dem Weg geht. Wann er sich lieber schnell unter einem Vorwand in den Stall zu seinen Delfinen verdrücken würde.

Aber jetzt kann er sich nicht verdrücken. Er hat mir dieses Muschelfon gegeben und er kann ja wohl nicht einfach auflegen, bloß weil er nicht antworten möchte.

Und ich ahne, dass es etwas Wichtiges sein muss, das er mir verschwiegen hat. Etwas sehr Wichtiges. Etwas, das vielleicht der Schlüssel zu einem riesigen Geheimnis ist.

Aber was für ein Geheimnis könnte das sein? Was ist es, was Pap all die Jahre vor mir verborgen hat? Was ist der Grund dafür, dass ich nicht wissen durfte, dass Mam und Pap meine Pflegeeltern sind?

„Pap?“

„Ja, mein Muschelkind?“

„Pap, warum hast du mir nie gesagt, dass ich nicht deine Tochter bin?“

Pap
Mam
Petin
Alani
Sassi

Tay
Blue
Polo
Nemone

LESEPROBE

erster Schultag in Korallenkrone

„Wasser ist der Ursprung allen Lebens!" Miss Petula hebt und senkt den Zeigestock, den sie in der Hand hält, mit dramatischer Geste.

An der blank geschliffenen Korallenwand uns gegenüber hängt eine große Karte, auf der die unterschiedlichen Entwicklungsstufen aller Lebewesen im Laufe der Jahrmillionen aufgezeichnet sind.

„Alles, was lebt, hat seine Wurzeln im Wasser." Miss Petula klingt forsch und sehr zufrieden.

Ich gähne mal unauffällig. Das sind doch alles alte Heringe! Weiß ja wohl jedes Baby, dass alles Leben im Meer begonnen hat!

Miss Petula wirft mir einen missbilligenden Blick zu. Meine Meerwelt! Die wird meinen kleinen Schnarcher doch hoffentlich nicht persönlich nehmen?

Seit knapp vierundzwanzig Stunden bin ich jetzt in diesem fischstinkig feinen Internat Korallenkrone, der teuersten Schule der Unterwasserwelt. Viel kann ich also noch nicht sagen; aber, was ich sagen kann, ist: Ich habe überlebt!

Ist doch schon was!

Denn – stinkendes Seegras! – diese Schule ist nicht nur die teuerste Schule, sie ist garantiert auch die strengste Schule der Meerwelt. Mindestens eine Million Regeln haben die hier. Und wehe, man paddelt auch nur ein klitzekleines Stückchen über diese Regeln hinaus!

Doch ich finde, Regeln sind dazu gemacht, um sie geschickt zu umschwimmen! Und da Tay und ich beide gute Schwimmer sind, werden wir auch genau das tun!

Tay schaukelt direkt vor mir gelangweilt auf ihrer Sitzmuschel herum. Ihre braunen kurzen Locken wippen dabei lustig auf und ab. Tay ist ebenfalls neu hier. Wir haben uns auf dem Hinweg im Strom bei einem richtigen Abenteuer kennengelernt. Und sie hat genauso wenig Lust hier zu sein wie ich. Ich glaube, das nennt man den Beginn einer wunderbaren Freundschaft!

Genau in diesem Moment grinst sie verschwörerisch zu mir nach hinten. Dann zieht sie eine Grimasse und hält sich die Nase zu. Unser Club-Geheimzeichen, hihihi!

Ich mache fröhlich eine ebenso fischstinkige Grimasse zurück.

Als Tay und ich feststellten, dass wir beide nach Korallenkrone unterwegs waren, haben wir spontan den Club der Anti-Schimmel-Mädchen gegründet. Denn glimmerig-schimmelig sind die doch fast alle auf Korallenkrone mit ihrem Kettchenfummel hier und Schwanzflossenringen da, jeder Menge aufgerüschter Schuppen, Glitzerhaarfrisuren und weiß ich was! Da wird es höchste Zeit, dass jemand diesen Fischladen mal ein wenig aufmischt! Und diese beiden Jemande werden Tay und ich sein. Ha!

Ich lächele zufrieden vor mich hin.

„ALANI?“

Noch ganz in meine Gedanken vertieft schaue ich hoch. „Äh, ja?“

„Alani, wo bist du gerade?“ Miss Petula hat sich vor mir aufgebaut und schaut mir tief in die Augen. Ihre hellgrau glänzende Schwanzflosse schlägt unten am Boden angespannt hin und her.

Ich gucke verwirrt die leuchtenden Korallenwände um mich herum an. Wo ich bin? Ist das ein Witz? Was soll denn diese dorschdusselige Frage?

Doch ich will mit dieser Meerfrau lieber keinen Streit anfangen. Also gebe ich sicherheitshalber die vernünftigste Antwort, die mir einfällt.

„Im Klassenzimmer für Wasserkunde?"

Miss Petula nickt, sieht aber noch nicht viel zufriedener aus. „Sehr richtig. Ich bin froh, dass dir das klar ist. Und was machen wir hier?"

„Äh, Unterricht?"

„Noch mal richtig." Miss Petula verzieht keine Miene.

Dafür fangen ein paar der glitzerigen Meerkatzen hinter mir an zu kichern.

„Ruhe!" Miss Petulas Zeigestock knallt gegen mein Pult, ihre Augen blicken streng über die Meermädchenklasse.

Ups, war das laut! Miss Petula guckt wieder zu mir runter. „Und was machen Schüler im Unterricht?"

Tja. Das ist nun ganz bestimmt eine Fangfrage. Ich wette, ich hätte einen Eintrag im Klassenbuch, bevor ich auch nur die Wörter TRÄUMEN, TREIBEN LASSEN oder SCHNARCHEN ganz aussprechen könnte.

Miss Petula funkelt mich warnend an.

„Äh … zuhören?"

„Genau." Sie zuckt mit ihren Brauen. „Wie schön, dass wir auch da einer Meinung sind!"

Mit einer kräftigen Flossenbewegung schwimmt sie endlich zurück zum Pult und macht mit dem

Unterricht weiter, als hätte sie ihn nie unterbrochen.

Ich atme leise aus. Knalliger Kugelfisch! Was tut die wohl, wenn irgendjemand mal was wirklich Freches macht?

Ein paar Minuten lang gebe ich mich der lustigen Vorstellung hin, was man hier in Korallenkrone alles anstellen könnte. Und – oh – mir fallen so viele sandige Sachen ein, dass ich am liebsten sofort mit Tay Pläne schmieden würde. Ich schätze, Tay wird ebenso gut im Streichespielen sein, wie Petin das in meiner alten Schule immer war. Petin, mein liebster und bester Freund der gesamten Meerwelt!

Leider musste Petin bei uns zu Hause in den weitesten Weiten der Weite bleiben. Obwohl er natürlich genauso wenig in ein Internat gewollt hätte wie ich. Aber ich hatte, im Gegensatz zu ihm, ja keine Wahl …

Noch immer fühlt sich alles wie ein schlechter Traum an. Nur – der Traum hört nicht auf. Ich bin in Korallenkrone. Bloß weil eines Tages ein schwarz glänzender Stadtmeermann – ein Feuerschwanz, wie Pap sagen würde – an unsere Tür geklopft hat und …

„ALANI!“

Uiii! Die Stimme von Miss Petula klingt gefährlich scharf. Ich sollte wohl vorsichtshalber ein wenig aufmerksamer aussehen.

Eine Weile höre ich Miss Petula vorne brav zu. Und eigentlich finde ich ihren Unterricht gar nicht soo schlecht. Ab und zu erzählt sie sogar mal was Neues. Jedenfalls ist Wasserkunde nicht so langweilig wie vieles andere hier. Wie die Reitstunden heute Morgen, zum Beispiel. Na ja, wenn man das Schaukeln und Weitgehopse auf Seepferden überhaupt Reitstunden nennen kann!

Reiten sollte doch schnell und wild und atemberaubend sein! Ich meine, welches klar denkende Meermädchen möchte schon freiwillig seine Zeit mit hoppeligen Seepferdchen vertrödeln, wenn es stattdessen auch auf Delfinen durchs weite Meer preschen könnte? Aber hier in diesem Internat scheint überhaupt gar nichts wild zu sein.